光文社文庫

長編時代小説

夏の霧

隅田川御用帳(八)

藤原緋沙子

光　文　社

※本書は、二〇〇四年八月に
廣済堂文庫より刊行された
『夏の霧　隅田川御用帳〈八〉』を、
文字を大きくしたうえで、
さらに著者が大幅に加筆したものです。

目次

伝通院
小石川
白山
神明宮
中山道
駒込
小石川御門
水戸徳川家
春日町
水道橋
千駄木
御林
駒込追分
加賀前田家
道灌山
本郷
霊雲寺
湯島聖堂
日暮里
湯島天神
池之端仲町
不忍池
神田大明神
弁天
明神下
妻恋坂
御数寄屋町
根岸
谷中本村
築山藩の上屋敷
東叡山寛永寺
外神田
下谷広小路
下谷金杉町
御徒町
下谷の御徒組屋敷
下谷山崎町
向柳原
三味線堀
広徳寺
新寺町
下谷竜泉寺町
幡随院
元鳥越町
千住大橋
阿部川町
新吉原
御蔵前片町
新堀川
日本堤
新旅籠町
東本願寺
御蔵前通り
御蔵前
御米蔵
浅草寺
小塚原
首尾の松
田原町
三間町
浅草広小路
山谷町
黒船町
諏訪町
新鳥越町
御厩河岸之渡し
駒形町
並木町
材木町
雷門
新鳥越橋
花川戸町
浅草駒形堂
竹町之渡し
吾妻橋
聖天町
山谷堀
今戸橋
今戸町
白鬚之渡し
隅田川
竹屋之渡し
源森橋
中之郷
瓦町
三囲稲荷
向島墨堤
木母寺
隅田村
長命寺
源森川
小梅村
北割下水
須崎村
寺島村
法恩寺橋
業平橋
小梅村
天神橋
押上村
十間川
亀戸天神

『隅田川御用帳』の世界
麹町
番町
千鳥ヶ淵
半蔵御門
田安御門
虎之御門
西之御丸
新シ橋
外桜田御門
雉子橋御門
和田倉御門
江戸城
一橋御門
猿楽町
南町奉行所
幸橋
土橋
北町奉行所
汐留橋
数寄屋橋
御門
呉服橋御門
常盤橋御門
神田橋御門
富士見坂
←至大森・六郷の渡し
濱御殿
水谷町
京橋
数寄屋町
竜閑橋
鍛冶町
昌平橋
平永町
築地の浴恩園
西本願寺
木挽町
品川町
今川橋
伊沢道場
日本橋
室町
平松町
本船町
岩本町
内神田
小泉町
松枝町
和泉橋
神田川
佐久間河岸
神田相生町
八丁堀
弾正橋
楓川
海賊橋
江戸橋
大伝馬町
小伝馬町
亀井町
通油町
柳原土手
神田佐久間町
福井町
組屋敷
八丁堀
水谷町
南茅場町
日本橋川
小網町
堀江町
中之橋
思案橋
長谷川町
富沢町
馬喰町
横山町
稲荷橋
船松町
鉄炮洲
高橋
一ノ橋
新川
南新堀町
二ノ橋
霊岸島
箱崎町
行徳河岸
行徳川
浜町堀
汐見橋
通塩町
栄橋
橘町
両国広小路
米沢町
浅草橋
十四郎の住む長屋
薬研堀
柳橋
両国橋
佃島
石川島
永代橋
熊井町
佐賀町
今川町
上之橋
万年橋
新大橋
一ツ目之橋
尾上町
元町
隅田川
三ツ屋
万年町
橘屋
慶光寺
海辺大工町
六間堀
八名川町
松井町
相生町
松坂町
回向院
横網町
御竹蔵
亀沢町
越中島
永代寺門前山本町
海辺橋
高橋
中ノ橋
要津寺
常盤町
松井橋
二ツ目之橋
仙台堀
深川
深川元町
小名木川
弥勒寺橋
五間堀
蓬莱橋
富岡八幡宮
浄心寺
東平野町
霊巌寺
竪川
本所
南割下水
亀久橋
吉岡橋
吉永町
雲光院
芝翫河岸
洲崎
木場
三ツ目之橋
三笠町
新高橋
入江町
横川
猿江橋
南辻橋
長崎橋
亀戸村
西
南
北
東
猿江町
御材木蔵
清水橋
横十間川
0
1km

慶光寺配置図

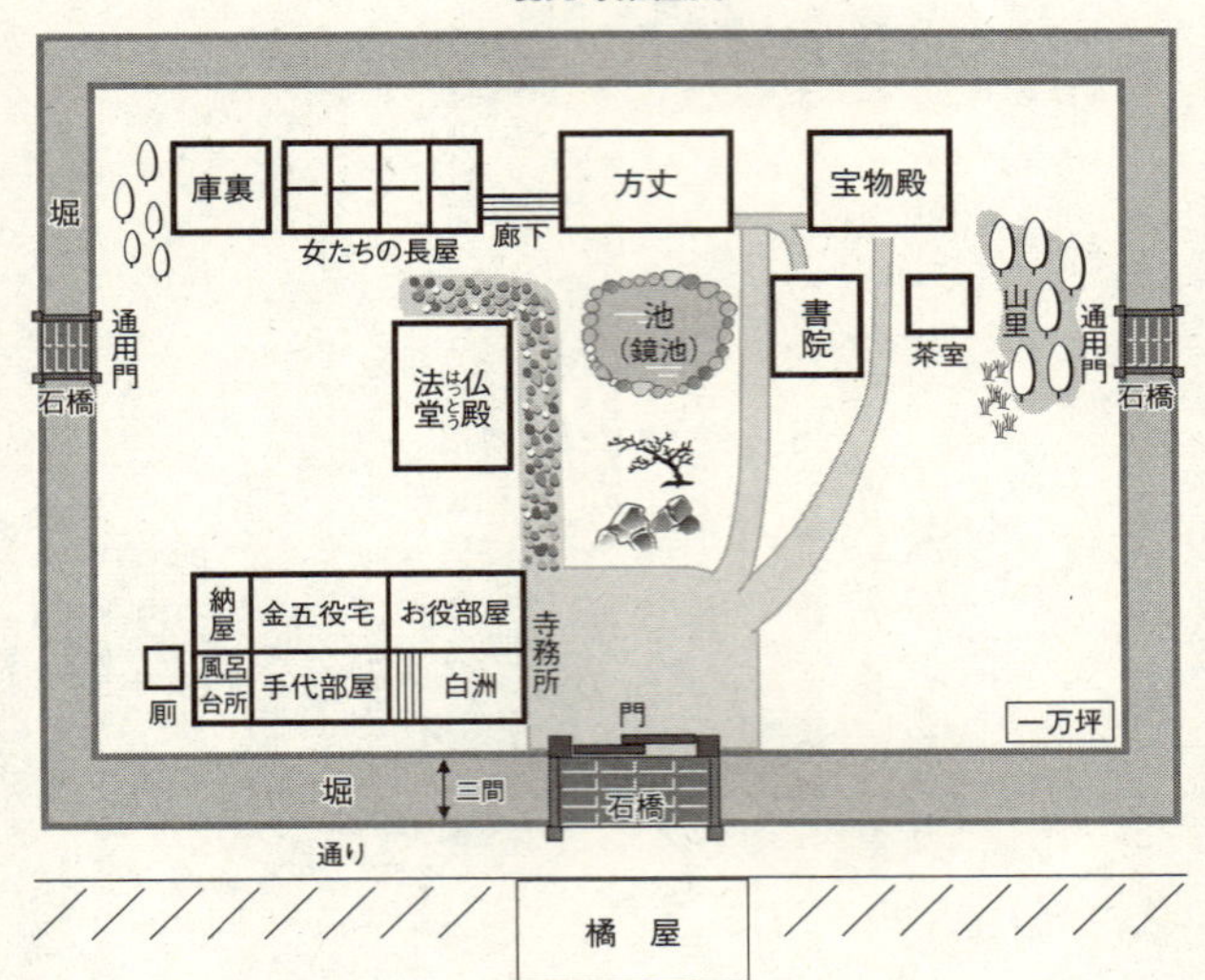

方丈（ほうじょう）　寺院の長者・住持の居所。

法堂（はっとう）　禅寺で法門の教義を講演する堂。他宗の講堂にあたる。

庫裏（くり）　寺の台所。住職や家族の居間。

「隅田川御用帳」シリーズ　主な登場人物

塙十四郎
築山藩定府勤めの勘定組頭の息子だったが、家督を継いだ後、御家断絶で浪人に。武士に襲われていた楽翁を剣で守ったことがきっかけとなり「御用宿　橘屋」で働くことになる。一刀流の剣の遣い手。寺役人の近藤金五はかつての道場仲間である。

お登勢
橘屋の女将。亭主を亡くして以降、女手一つで橘屋を切り盛りしている。

近藤金五
慶光寺の寺役人。十四郎とは道場仲間だった。女道場主の千草と夫婦になる。

秋月千草
諏訪町で一刀流の道場を開いている。寺役人の近藤金五と夫婦となる。

藤七
橘屋の番頭。十四郎とともに調べをするが、捕物にも活躍する。

万吉
橘屋の小僧。孤児だったが、お登勢が面倒を見ている。

お民　橋屋の女中。

おたか　橋屋の仲居頭。

八兵衛　塙十四郎が住んでいる米沢町の長屋の大家。

松波孫一郎　北町奉行所の吟味方与力。金五が懇意にしており、橋屋ともいい関係にある。

柳庵　橋屋かかりつけの医者。本道はもとより、外科も極めている医者で、父親は千代田城の表医師をしている。

万寿院（お万の方）　十代将軍家治の側室お万の方。落飾して万寿院となる。慶光寺の主。

楽翁（松平定信）　かつては権勢を誇った老中首座。隠居して楽翁を号するが、まだ幕閣に影響力を持つ。

夏の霧　隅田川御用帳（八）

第一話　雨上がり

一

通り雨は半刻（一時間）ほどで立ち去った。

数日来の乾いた大地をほどよく湿らせ、金竜山浅草寺の広大な境内に籠もっていた白い霧も瞬く間に晴れると、山内の絵馬堂から見渡せる四方のどの樹林も、新緑が一層映えて瑞々しく見えた。

塙十四郎は、山内の茶屋や御堂の中で雨宿りをしていた者たちが俄かに沿道に繰り出してきたのを見て、

「そろそろ行くか」

絵馬堂内の腰掛けに座っているお登勢を振り返った。

「どこかでお昼を頂きましょうか」

お登勢は、十四郎を見上げて言った。

雨上がりによるものか、声音（こわね）がしっとりとしていて、心なしか色香が漂う。

いや実際、まわりで雨宿りしていた武家や町人のどの女たちよりも、お登勢は妖艶な雰囲気を持っていた。

先ほどまで絵馬堂に吊り下げてある絵馬の願文などを読んだりして、退屈を凌（しの）いでいた時の無邪気さとはまた別の、女の顔をお登勢は見せる。

「そうだな、蕎麦（そば）にでもするか」

「あら、もっと何か美味しいものを頂きましょう。めったに二人で外出することはないのですから」

お登勢は華やいだ声で言った。

浅草寺に立ち寄ったのは花川戸（はなかわど）に所用があっての帰りだった。

久しぶりだからお参りしたい、などとお登勢が誘うものだから十四郎もついてきた。

だが、本堂で手を合わせて引き返したところで雨に遭い、二人は絵馬堂に駆け込んだのである。

絵馬堂の中には幾つも腰掛けが並んでいて、十四郎たちと同じように雨宿りに駆け込んだ人々でいっぱいだった。

お登勢が白い二の腕を惜し気もなく伸ばし、濡れた黒髪を手巾でそっと押さえている様は、十四郎を、美しい未亡人と同伴しているという面映ゆい気持ちにさせた。

もっともそれは勝手に十四郎が感じただけで、まわりの人たちはどのような目で二人を見ていたのか知る由もない。

まさかお登勢が駆け込み寺である『慶光寺』の御用を預かる寺宿『橘屋』の主で、傍にいる十四郎はそこの雇われ人などということは知らない筈だから、ひょっとしていい仲の間柄と見られているのかもしれないのであった。

ただ、こうしてお登勢と二人で外出すると、橘屋でしかつめらしい顔を寄せ、駆け込んできた女たちの処遇について相談しているのとは違った解放感があるというのは否めない。

「とにかく、出よう」

「ええ」

二人が寄り添うようにして外に踏み出した時、

「まあ、これはこれは」

すっとんきょうな声を上げて近づいてきた人がいる。

縁切り寺『慶光寺』の寺役人、近藤金五の母波江であった。

「お珍しいこと……お二人お揃いで、まるで夫婦のように見えましたよ」

波江はくすりと笑った。

いつものことながら、波江はひとこと多いのが玉に瑕だ。そうでなくてもこんなところで波江につかまればどうなることかと思いながらも、十四郎は波江に照れ笑いをしてみせた。

「お母上様もお参りでございますか」

お登勢が尋ねる。

「ええまあ、それはそうですが、本当の目的は『闘花会』を覗きに参ったのです」

「あら、なんのお花でしょうか。朝顔はもう少し先でしょうし、つつじはもう終わりでしょう」

「それがあなた、牡丹ですの」

「牡丹」

「ええ、よろしかったらご一緒しませんか」

「わたくしたちが……」

「一人では寂しいと思っていたところでした。なにしろ、千草殿を誘っても、いつもいつも忙しいばっかりでしょ。いくら門弟がいるからって、たまにはねえ、休めばよろしいのに……」

波江の愚痴が始まったようである。

千草というのは、女剣士で諏訪町に道場を開いている金五の嫁のことである。

波江は下谷の組屋敷で女中と二人で暮らしていて、一人息子の金五は慶光寺の寺務所に寝泊まりし、時折、妻の千草のもとに通っている状態である。

皆てんでんばらばらに暮らしている現状では、波江の不満も分からない訳ではないが、十四郎やお登勢に会えばすぐに愚痴となる。

波江のそんな気持ちを静めるには、誘われるままに闘花会に行くしかないように思われた。

結局二人は波江に従い、境内の一角に小屋を掛け、仰々しく幕を張り巡らした中で行われている闘花会に顔を出した。

――ふむ……。

渋々波江に従ったが、小屋の中に足を踏み入れると、甘い香りとともに、白や赤の牡丹の花が咲き競っているのが目に飛び込んできて、思わず目を瞠った。

牡丹は瑞々しい緑の葉を鉢の上いっぱいに広げ、零れ落ちんばかりに花びらを広げていた。

よく見ると、鉢もそれぞれ、有名な焼き物でできていて、いかにも高級感に溢れていた。

鉢の前には白木の木札に、それぞれの牡丹の名が書いてあり、その名の下には作者名が記してあった。

宵桜……仙人雲……鶴の舞……羽衣……緋袴……。

「十四郎殿、お登勢殿」

興奮した波江の声に呼ばれて傍に歩むと、天鵞絨のような悩ましい緋の色の牡丹と、もうひと鉢、白鷺の羽を広げたような花びらに、芯が微かな紫を帯びている気品ある白い牡丹が目に留まった。

牡丹の名は緋の色の方が『楊貴妃』、白い方が『飛翔蓮』とあり、いずれの作者も『段七』とあった。

——美しい……。

と、十四郎は思った。

お登勢も息をつめて見詰めていたし、波江は早速小屋の入り口から会場の監視をしている若い二人の男に近づいて、そのうちの一人を引っ張ってくると、

「お差し支えなければ、この段七さんのお花の値段を教えて下さいませんか」

大身（たいしん）の奥様然として聞いた。

「はい。鉢にもよるのですが、こちらの物ですと、楊貴妃は五、六十両、飛翔蓮ですと八十両から百両くらいでしょうか」

「百両……」

さすがの波江も目を丸くして、

「そうでしょうとも。本当に珍しい花ぶりでございますもの」

いかにも牡丹の花に通じているような口振りで相槌（あいづち）を打つ。

「他の牡丹と比べてご覧になればよくお分かりだと存じますが、このような品種は初めてでございますし、この花を作っている段七さんも随分と変わった方で、品数にも限りがございますから……」

男は手を揉むようにして言い、牡丹の熱狂的な愛好家は古くからいて、幾らかかっても手に入れたいという人が何人か既に買い求めていったのだと説明した。

「段七さんという方は、どちらにお住まいでございますか」

波江は買う気もないのにさらに聞く。

「それはお教えできません。そんなことをお伝えすれば、そちらへ押しかけていくお方も出てきます。作者の個人的なことについては何もお答えする訳には参りません。ただ、段七さんは牡丹の栽培をしておられる方たちの中では新人です。これからの人でございます。近頃は変化朝顔がもっとも人気でございますが、これで牡丹の愛好家も増えるのではないかと期待しております」

男はひとあたり説明すると、やはりこの一行は買う気はないと見たらしく、もとの場所に引き揚げていった。

「楊貴妃と飛翔蓮か……うまく命名したものだな」

十四郎が問うとはなしに言い、女二人に顔を向けたが、お登勢も波江も十四郎が傍にいるのを忘れたかのように陶然（とうぜん）として、そこに立ち尽くしていた。

「さすがのおふくろも、高価な牡丹など買おうにも買えず、あれから千草の道場にやってきて溜め息ばかりついていたそうだ」

金五は苦笑を浮かべて縁側に立ち、庭の花に添え木を立てているお登勢の手元を見て言った。むこうの垣根の側では小僧の万吉が、犬のごん太を従えて庭草を引いていて、その傍で女中のお民が、口やかましく万吉に注意を与えているのが見えた。

「金五、来ていたのか」

廊下を十四郎が渡ってきた。

「近藤様、わたくしは最初から手に入れたいなどと思ってはおりませんでした。そうでしたよね、十四郎様」

お登勢は傍に置いてあった桶の水で手を素早く洗うと、手ぬぐいで拭きながら、やってきた十四郎に同意を求めるように言い、金五を睨んだ。

「何の話だ」

十四郎がにこにこして縁側に腰を据えて尋ねると、お登勢はお民に茶を淹れてくるように言いつけて、

「昨日の牡丹のお話です」

着物の裾の埃を払って、縁側に腰掛けた。

「そうかな、俺が見たところ、二人とも物欲しそうな顔でぼーっとしていたぞ」

十四郎は思い出してニヤリと笑った。

「だろう。金がなくて幸いだが、女は欲しいものを目の当たりにすると金銭の感覚が鈍くなるからな。買えないと分かっていても、なかなか諦めきれぬものらしい」

　金五も笑って、

「俺はあのおふくろが、いい年をして花だ着物だと、娘のように求めるのがおかしいのだ」

「年には関係ございません。女はいくつになっても美しいものに惹かれるものなのです。いつまでも美しくありたい……そんな願望のあらわれかもしれません」

　お登勢が言った。

「おふくろでもか」

「当たり前です。近藤様、近藤様は駆け込み寺のお役人ですから、女の気持ちがよくよくお分かりだと存じておりましたが、女子についてそれぐらいの認識しかおありにならないとは、何年女の揉め事を扱ってきているのでしょうか」

「何を言うか。俺ほど女に理解のある男はいないぞ。そうだろう、十四郎」

「さあ……それはどうかな」

「おいおい、十四郎まで。いい加減にしろ……あのな」

金五が懸命に弁明を始めようとしたその時、

「お登勢様、駆け込み人でございます」

茶を淹れにいったお民が引き返してきて告げた。

「よし、俺も一緒に聞こう」

金五が張り切って言い、三人は橘屋の帳場の裏の小部屋に入った。

「ごめん下さいませ。昨日はお店にお立ち寄り下さいまして、ありがとうございました」

小部屋で待っていた女は、手をついた。だが、

「あら、あなたは……」

顔を上げた女を見たお登勢は驚いた。

「はい。『鶴亀屋』の仲居でございます」

「そういえば、おまえはあの時の」

十四郎も女の前に座るなり、まじまじと顔を見た。女の顔には覚えがあった。

昨日のことである。十四郎とお登勢と波江は、牡丹の闘花会を観た後で、仁王門近くの小料理屋鶴亀屋に昼食をとるために上がっている。

目の前にいる女は、その時に十四郎たちを世話してくれた仲居だった。

年増だが目鼻立ちのすっきりした、きびきびした仲居で、嫌味のない明るい女だったという記憶があった。

「私、名はお勝と申します。昨日皆様がお帰りになられました後で、店の女将さんから、皆様が駆け込み寺の御用宿橋屋の方たちだったとお聞きしまして、それで是非にもお力になっていただきたいと思いまして……いえね、この深川に駆け込み寺があるというのは人から聞いておりましたが、どうにも気後れしてお訪ねすることができませんでした。でも、昨日皆様のお姿を拝見しまして、このような方たちならばと気持ちが固まったのでございます」

「しかし、悩みを抱えているようには見えぬぞ」

「客商売ですからね……浮かない顔していましたら美味しいものもまずくなりますでしょ。だから、何があったって笑って過ごすように気をつけておりますから」

苦笑してみせる。だがすぐに硬い表情をして、よろしくお願いしますと頭を下げた。

「お伺い致しましょう」

お登勢は、金五と十四郎を紹介した後、さて……とお勝に向いた。

「実は、亭主に女ができたようでございまして……」

私が年上の女房なものですから、などとお勝は申し訳なさそうに言った。

「確かなのですか」

「はい。五十両、百両と、稼いだお金をぜーんぶ、持っていくのでございます」

「それはまたずいぶん働きのよいご亭主なのですね」

「とんでもない。今までずっと私が食べさせてきたのでございますよ。それを、俄かにお金が入るようになったといって、余所に運んでいるのでございます」

「それが本当なら、けしからん話だな」

十四郎は相槌を打ち、金五を見た。

すると金五が、その後を引きとって聞く。

「いったい、亭主は何をして銭を稼いでいるのだ」

「花でございます。牡丹の栽培を致しまして、大当たりになったのでございますよ」

「待て待て、昨日、浅草寺の境内で牡丹の品評会をやっていたが、あれのことかな」

「はい」

「まさか、お勝さんのご亭主は、段七さんとかいう花作りの名人ではないでしょうね」

「段七は私の亭主でございます」

「まっ、段七さんがあなたのご亭主」

思いがけないお勝の返事に、お登勢は驚いた顔をして十四郎を、そして金五を見て、

「昨日、私たちは段七さんの牡丹を拝見して、感心していたんですよ。あんな美しいお花を作るご亭主に女がいるのですか」

「お登勢、美しい花を作る男だからこそ、美しく花開いたばかりの女子を求めるのではないのか」

興味深そうに言ったのは金五だった。

「近藤様」

お登勢が睨む。

「すまんすまん、他意はない。お勝とやら、詳しく話してみろ。ことと次第によっては、厳しくとっちめてやるぞ」

金五は取り繕うような目をお勝に送った。

お勝は、太い溜め息をひとつして、一気にしゃべった。

お勝と段七が知り合ったのは五年前の春のこと、前夫に家を追い出されたお勝が、一人娘の、まだよちよち歩きのお菊の手をひいて浅草寺の境内でぼんやり座っていた時だった。

丸い石に腰を据え、お菊が両手を広げて蝶々を追っかけている姿を、見るとはなしに目で追いながら、さてこれからどうしたものかと考えていた。

しかし、考えても当てがある訳ではなく、途方に暮れていたのだった。

頭を下げて帰れば亭主はまた家に入れてくれるかもしれないとは思ったが、暴言や暴力を二度と受けたくないという決心の方が強かった。

亭主は腹を立てたら、自分がどんな暴言を吐いているのか分からないらしく、少しでも言葉を返そうものなら、

「馬鹿な女だ。死んじまえ」

などと喚き散らすのである。

辛抱にも限度というものがある。

確かにお勝自身も気が強いことは認めるが、自分の暴言を棚に上げ、喚き散らす亭主には、情愛のかけらさえも見えなくなっていた。

追い出されたり家出をしたりしたのも一度や二度ではなかったから、謝って元の鞘に収まったとしても、それは一時のこと。また同じことのくりかえしになるのは目に見えていたからである。

——どこか子連れで、しかも住み込みで雇ってくれるところを探さないと……。長い間考えて、ようやくそこまで考えが達した時、先ほどまで近くで遊んでいた筈のお菊の姿が見えなくなっていた。

「お菊……」

お勝は青い顔をして立ち上がった。

——捜さなくては。

辺りを見渡した時、中間姿の男が近づいてきた。

男の腕にはお菊が抱かれていて、泣きじゃくっているのが見えた。

「お菊……」

駆け寄ったお勝は、お菊を抱いている中間が、見たこともないような大きな赤鼻なのに気がついた。

「どこに行っていたんだい。心配させて駄目じゃないか」

男の腕から下ろされたお菊を叱りつけた。

「何を言ってんだい。見てみろ、この子はむこうの池に落っこちてしまって危ないところだったんだぜ。母親ならしっかり見てなくてどうするんだ。駄目なのはおまえさんの方じゃねえのかい」

赤鼻は泣きじゃくるお菊を庇って、お勝を叱った。

よく見ると、お菊の下半身はずぶ濡れだった。

「お菊を助けて下さったんですか。申し訳ありませんでした。あたし、考えごとをしていたものですから、つい……お菊がいなくなったこと、気がつきませんでした」

「いいから、早く帰って着物をとっかえてやりな。風邪をひくぜ」

赤鼻に言われて、お勝は一瞬返答に窮してしまった。

帰る家などなかったからである。

困惑した顔を上げると、赤鼻と目が合った。

近くで見ると、男の鼻は異様に赤く、しかも団子のように膨れ上がっていて、醜い鼻ばかりが目立つ顔立ちだった。

「どうしたい」

酒臭い男の息が、お勝の鼻を刺した。男は昼間っから酒を飲んでいたのである。

お勝は酒を飲む男は嫌いだった。

ちらっと亭主の顔が頭を過った。

——こんな男とかかわりあいになったらろくなことはない。

お菊を抱き上げて逃げ出そうとしたお勝の袖を、

「待ちな」

赤鼻はぐいと摑んで、その奥に申し訳程度についている目で睨んできた。

乱暴されるかもしれないとお勝はお菊を抱いて身を竦めたが、赤鼻は意外に親切だった。

お勝の事情を察すると、すぐに自分の長屋に二人を連れていき、秘蔵の桐油引きの合羽を質屋に持ち込み、お菊の古着を買ってきてくれたのである。

「俺は渡り中間の段七という者だ。落ち着き先が決まるまでここにいればいい。俺はダチ公のところに泊まるからよ」

段七はにこにこしてそう言った。

「あの人と一緒になったのは、そういう事情なんですよ」

お勝はそこまで話すと言葉を切った。

「お勝とやら、聞いた限りでは、優しそうな男じゃないか」

十四郎が窺うようにお勝に言った。お勝はふっと苦笑を漏らして、

「確かに段七さんは優しい人ですけど、お酒が過ぎましてね、そのためにいずれのお屋敷でも勤まらないような人だったんですよ……」

渡り中間だから、奉公先がかわるのは当たり前の話だが、段七の場合は約束していた期限が来る前に暇を出された。

例えば、ひと月奉公する約束が半月で暇を出されたり、三日ほどの奉公にしても、二度とその屋敷からは声がかからなかったりした。

それを苦にして段七はまた酒を飲む。

段七本人は、仕事にあぶれるのを赤鼻のせいだと言うが、お勝はすべて酒のせいだと思っていた。

なにしろ酒がなくては生きていかれないような人で、おまけに酔いが回ると些細(ささい)なことで喧嘩をして帰ってきた。

あっちで騒動を起こし、こっちで騒動を起こししているうちに、馴染みの口入(くちいれ)屋からも仕事の話は来なくなってしまったのである。

「すまねえな、俺の稼ぎが悪いばっかりによ」

段七はお勝にだけは素直に謝った。

段七は奉公の合間に、長屋の路地で内職の盆栽をやっていたが、それだけで日々の糧が得られる訳ではなく、お勝が小料理屋の仲居として働きはじめたことを申し訳なく思っていたようだった。

段七は酒癖は悪いが、前の亭主のように腹立ち紛れに暴言を吐いたり暴行したりする人ではなく、どちらかというと、自分で自分を傷つけてしまうようなところがあって、それがお勝の哀れを誘った。

「おまえさん。渡り中間なんて稼業は止めて、なにかおまえさんの好きな道で立つことを考えたらどうかしら。どんな道にしろ、おまえさんが独り立ちできるまであたしが頑張るからさ。ね、そうしましょう」

段七はお勝より三歳年下だった。

――なんとか立ち直ってもらいたい。

お勝のそんな気持ちが通じたのか、まもなく、かねてより段七の盆栽の腕前を高く評価してくれていたある人の計らいで、火事で更地になった下谷の土地を借りることができ、段七は花作りに専念しはじめたのである。

段七は借地に竹垣をめぐらせると、寝泊まりする小屋まで建てて、新種の改良に余念がなかった。
むろん台所を支えてきたのはお勝であった。
そんな生活が五年近く続いた。
その努力がようやく実を結び、いっぱしの牡丹作りの名人という評判をとった
にも拘わらず、品評会で売れた牡丹の苗木の代金すべてを、お勝に無断でせっせ
と女に運んでいるというのである。
酒も、花作りを始めてから晩酌を楽しむ程度だったのだが、近頃は酒の量がま
た増えている。
「なんのための苦労だったのかと……そりゃあ、前の家を追い出されて途方に暮
れていた時に助けてもらったことは忘れちゃいません。でも、あんまりだと思う
んです」
お勝は、同意を求めるような目を送ってくる。
「どこにお金を運んでいるのか、言わないのですね」
「はい。俺を信用しろの一点張りで……」
「そう……」
お登勢は思案の顔で遠くを見遣（みや）る。

「私、よっぽど男運が悪いんですね」

力なく言うお勝に、金五が言った。

「けしからん話だが、お勝、おまえは働きすぎたのだ。亭主を甘やかすと、ろくなことはないぞ」

「近藤様、働きすぎたはないでしょう。お勝さんがずっと働いてきたからこそ、ご亭主は花作りに没頭できたんですからね」

「ふむ……しかし、まず第一に真相を確かめることだな。あんたも心から別れたいと思ってここに来た訳ではあるまい。違うか」

十四郎の問いかけに、お勝はきっと顔を上げると、

「私、あの人に女がいるのなら別れます。ええ、別れますとも」

くいっと首を伸ばすと、襟（えり）に手を添えた。強がりを言っているのが見え見えだった。

「しかしお勝さん。あなたにはお嬢ちゃんがいるのでしょう。お菊ちゃんといいましたね。そのお菊ちゃんをどこか、預かってもらえるところがありますか」

「あの……子供連れでは、ここに置いてはいただけないのでしょうか」

「この宿の場合はよろしいのですが、いざ慶光寺に入るとなった時には子連れで

はね。お寺も子供さんまでは預かってくれないと思いますよ」

「……」

「兄弟か、親戚か、お子さんを預けるところがありますか」

「いえ……一人もおりません」

「ではこうしましょう。こちらと致しましては、ご亭主にお聞きしなくてはならないこともありますし、いろいろと調べなければならないこともございます。それまで家を出るのは待って下さい。それでよろしければ、尽力致しましょう」

お登勢は、これからの次第を述べた。

「よろしくお願い致します」

お勝は、ほっとした顔を見せると手をついた。

二

竹垣の高さは七尺（約二メートル）近くあると思われた。

お勝から段七の園芸地は、東部下谷の山崎町（やまざきちょう）二丁目にあると聞いて、十四郎は橘屋の番頭藤七（とうしち）と訪ねてきたのだが、竹垣は二百坪ほどの土地をぐるりと囲んでいて、外からは容易に覗けないようになっていた。

入り口は一か所、これは板戸で、園芸地を離れる時には錠を下ろせるようになっていたが、十四郎たちが訪ねた時には鍵はかかっておらず、戸を押すと難なく開いた。

中に一歩入ると、腐葉土の混じった土の匂いに包まれた。

畑には一面牡丹の葉が茂り、それに無数の蕾がついていた。

牡丹の株は畝をきって整然と植えられていて、畝々には竹の先につけた名札が突き刺してあった。品種によって区分けしているようで、段七の心配りが見て取れた。

畑地の隅には雨を溜め置く天水桶があり、積み上げた枯れ草の山も見えた。

「おとっつぁん」

可愛い女の子の声が聞こえてきた。

「小屋の方ですね」

藤七が言い、顔をそちらに向けた。

二人は牡丹を眺めながら、畑地の右端塀に建っている小さな小屋に近づいた。

小屋の前で段七と思われる男が、引き抜いた株の根を土の塊で包み、さらにその上を藁で包み、縄で縛っていた。

苗として売り出すつもりのようだった。

段七の傍には、可愛い女の子がしゃがんでいた。年の頃は七つか八つ、段七の手元を熱心に見詰めていた。

女の子は、赤い着物に黄色の帯を締めていて、髪は稚児髷に結っていた。

「段七さんですね」

藤七が呼びかけると、赤鼻がこちらを向いた。

鼻は、想像していたより太く、すもものような団子鼻だった。

「誰だね。勝手に入ってきちゃあ困る」

段七は怖い顔で見上げてきた。

「俺たちはお勝さんに頼まれてやってきたのだ」

十四郎が、自分たちは縁切り寺慶光寺の御用宿橘屋の者だと説明すると、段七の鼻の色が変わった。

ただでさえ見事な赤鼻が顔全体を染め上げているのだが、その鼻が一層朱に染まり、怒りと戸惑いとが入り交じった表情を見せている。

どうやら段七は、お勝が橘屋にやってきた事情は知っていたようだった。

「案ずるな。少し話を聞きたいだけだ。夫婦別れを勧めるために来たのではない。いや、しかしな。おまえの話によってはお勝は本気で駆け込みをするやもしれぬぞ」

十四郎は少し脅かした。

「お菊、おまえはむこうの花に水をやってきてくれないか。おとっつぁんはこの人たちと話があるんだ」

段七は優しい顔をつくってお菊に言い、小さな桶と柄杓(ひしゃく)を渡すと、お菊は、

「はい」と素直な返事をして、桶をさげて天水桶の方に駆けていった。

赤い着物と黄色い帯が牡丹の花の畝の中に姿を消すと、

「お勝は、なんて言っているんですか」

段七は憮然(ぶぜん)として言った。

「お勝はな。おまえに裏切られたと言っている」

「ちっ、まだそんな馬鹿なことを言ってるんですか」

「違うのか」

「旦那、この顔で女にもてると思いますか」

十四郎は苦笑した。自身の赤鼻を言っているのだと思った。

しかし確かに赤鼻は醜いが、他の、目や口の造作は悪くはなかった。大きな赤鼻さえなければ、そこそこいい男に見える顔立ちだった。特に目は優しげだった。

「男は顔ではないという女もいるぞ」

「旦那……」

段七は照れたような笑いを見せると、

「そりゃあ、蓼食う虫も好き好きということもありやすから。事実お勝がそうでさ。ですが、好き好んでこんな男に近づく女はおりやせんや」

「そうでもあるまい。おまえには大金がついている。それだけで十分じゃないのか」

「とんでもありやせん。女はお勝だけで十分でございますよ」

「段七さん。そういうことなら、なぜ、牡丹を売ったお金を余所へ持っていくんですか。誰よりも苦労したお勝さんにまず渡してあげるのが筋ではありませんか」

藤七が、傍に転がっている苗を取り上げて眺めていた手を止めて、段七に言った。

「そんなことは分かっておりやす。ただ、あっしにはその前にしなくちゃならねえことがあります。金はそれで入用なんです。お勝にも俺を信用しろとあれほど言っておいたのに。困った奴です」

「心配しているのだ、お勝は……。お勝はな、金の遣い道さえはっきりすれば納得するんだ。しかし女はいかんぞ。いくら遣い道をはっきりさせると言ったって、女は駄目だ」

「遣い道は言えません。言ったところでお勝は疑いをもった目で見るに違いありやせん。相手の気持ちもあることですから……真実を確かめるのなんのと言って、むこうに乗り込まれでもしたら迷惑しますから……」

「困ったな」

十四郎は、じっと段七を見た。

「そういうことなら、お勝の気持ちはおさまるまい」

「旦那、お勝がどんなに焼き餅焼きかご存じですか。尋常じゃありませんよ」

「結構じゃないか。おまえは、先ほど、他の女にもてる訳がないと言ったではないか。ありがたいと思え」

「よして下さいまし、ご冗談は……あっしは、この牡丹の花のことで頭はいっぱいなんですから」

「どうしても話せないというのだな」

「へい。そういうことですから、どうぞお引き取り下さいやし」

段七は止めていた手を忙しく動かし始めた。うるさいから帰ってくれと言わんがばかりの態度であった。

「よし、分かった。あくまで強情に訳を話さないというのなら、お勝は駆け込むぞ。そうなれば、おまえは女房ばかりか、可愛いお菊まで失うことになる」

「お菊は渡さねえ」

段七はきっぱりと言い、作業の手を止めて十四郎をきっと見た。

「お菊はお勝の連れ子じゃないか。夫婦別れすれば、お勝が連れていくのは当然ではないか」

「俺が育てたんだ、この俺が……お勝が働きに行ってる間に、俺がこの畑でお菊を育てたんだ」

「お菊と別れるのが嫌だったら、どうすればいいか分かるだろう。おまえ次第だぞ」

十四郎はそう言うと腰を上げた。

牡丹畑の畝の中に、お菊の姿が見えたからだ。

「おとっつぁん、お水あげたよ」

お菊は父親に褒めてほしくて元気な声で言い、こちらに走ってきた。

「お客さん、おとっつぁんの作ったお花きれいでしょ。おとっつぁんはすごいんだから」

お菊は、目をきらきらさせて、十四郎に言ったのである。

少なくともお菊は、大人のいざこざなど少しも知らずに育っている。それが十四郎の胸をほっとさせた。


ところがそのお菊がかどわかされたと言い、お勝が橘屋に走ってきたのは数日後のことだった。

ちょうど十四郎が、米沢町(よねざわちょう)の長屋に帰ろうとして、玄関口に立った時だった。

「塙様。お助け下さいませ」

お勝が転げ込むようにして、駆け込んできた。

「かどわかされたのは、いつだ」

十四郎は、刀を腰に差しながらお勝に聞いた。

「今日の昼前です」

「奉行所には届けたのだな」

「届けましたが、かどわかしだという確かなものがない以上、迷子扱いだから、お菊一人を捜すという訳にはいかないのだと言われました。それで、こちらに走ってきたのです」

「そうか……」

奉行所は、脅迫状など、犯人からの知らせがなければ動いてはくれない。

なにしろ、定町廻りと臨時廻りを集めたところで、江戸八百八町といわれている御府内を探索する人員は僅か十二名、子供一人がいなくなったといって、とても関われる話ではないのである。

「どこでお菊がいなくなったのか、それは分かっているのだな」

「段七さんが浅草寺の闘花会の会場に牡丹の苗木を納めに行ったんですが、お菊はそれについていったらしいんです。それで、段七さんがお客さんと話をしている間にいなくなったって言うんです」

「迷子札はつけていたのか」

「いえ、つけてはおりませんでした」

お勝は青い顔で俯いた。

迷子札とは、子供が迷子になった時のために、小判大の楕円の板金に親の住まいや子の名を刻んだ物で、一方に穴が開けてあり、それに紐を通して子供の首に吊り下げたりして、すぐに連絡が入るようにと考えられたものである。

お菊は七歳、自分が住んでいた長屋や父母の名は問われれば答えられる年頃だから、迷子札がなくても誰かの目に留まれば、ひょっこり帰ってくるということもないとは言えない。

十四郎はすぐにお勝と一緒に浅草寺に走ったが、闘花会が行われている小屋には段七はいなかった。

段七はどうやらお菊を捜しに出たらしかった。

そこで十四郎とお勝が、闘花会が行われている小屋の近辺に店を出している者たちや、寺の小坊主などに聞き込みをしていると、赤い着物に黄色の帯を締めた女の子が姥ケ池で遊び人風の男と一緒にいたのを見たという者が現れた。

その男は、広大な寺内を清掃してまわる銀蔵という爺さんだった。

いつも背中に大きな竹籠を背負い、長い竹箸と箒を持ち、腰には塵取りをぶら下げている。

「お菊ですよ。間違いありません」

お勝は銀蔵の話に縋(すが)るような相槌を打つと十四郎を見た。

「爺さん、案内してくれるか」

「へい」

銀蔵という爺さんは、清掃の道具を手水場(ちょうずば)の小屋の裏手に置くと、十四郎とお勝を案内するために先に立った。

「あんたのお嬢ちゃんだったのですかい」

銀蔵はじろりとお勝を見て言った。

「はい」

「あれぐれえの女の子は人攫(さら)いに狙われやすいんだ。どこかの女郎宿に売ろうと思えば売れる年頃だからな。ちゃんと見てなきゃ駄目じゃねえか」

「すみません……あの、お菊はどのような様子だったんでしょうか。泣いていたんでしょうか」

「そういえば、泣いていたような気もするな」

「お菊……」

「遠くから見ただけだから、はっきりしたことは言えねえが」

「爺さん、どんな男と一緒だったんだ」

「どんなって……若い男のようでしたが、先ほども言ったように遠くから見ただけだから、人相までは……」

銀蔵爺さんは確かな足取りで先を歩き、

「ここです。これが姥ケ池でございやす」

長さが六間（約一〇メートル）あまり、幅が三間あまりの小さな池を指した。池の周りには隈笹が茂っていて、池の中には枯れ葉が腐って溜まって、水は濁って澱んでいた。

「ここに立っていたんですがね」

銀蔵爺さんは、指で池の端の一角を指した。

辺りを見回したが、何の手掛かりもない。

「よくもまあこんなところで……あっしはそう思って見たんです」

銀蔵爺さんはそう言うと、姥ケ池の由来を二人に説明したのである。

「ご存じかもしれませんが、この池はとかくの噂のある池です。本当か嘘かは知りませんが、昔この近くに老婆が娘と二人で暮らしていたそうですが、老婆は日々の糧を得るために、娘をこの池の傍の石のところに立たせて旅人に宿を貸すとかなんとか言って誘っていたらしいんです……」

銀蔵は恐ろしげな顔をして、十四郎を、そしてお勝をじろりと見た後、話を継いだ。

それによると、老婆は家に誘い入れた旅人に娘をあてがい、ぐっすり寝込んだところを石で頭を打ち砕いて殺し、所持品を奪っていたというのである。

娘はこれを悲しんで、ある日、男の姿となって夜具に伏した。

老婆はまさかそれが娘とは思わず、殺してしまったのである。

びっくりした老婆は、嘆き悔やんでこの池に身を投げて大蛇になったという話だ。

この話は様々に伝わる話がごっちゃになっているという人もいるが、気味の悪い池には違いないのだと銀蔵爺さんは言うのであった。

銀蔵爺さんの話を聞いて、お勝の不安はますます募り、その場にへなへなとしゃがみこんだ。

「お菊……塙様、どうすればいいのでしょう。いったいどうすれば……」

「お勝、しっかりするのだ」

「塙様……」

「一つ聞きたいが、誰かに恨まれているということはないか」

「私が……とんでもありません」

「段七はどうだ」

「さあ、あの人の昔は知りませんから……でも塙様、近頃の段七さんの行いは尋常ではありませんから、もしかして、段七さんに関わる人間がお菊を連れていったのかもしれません」

「ふむ……」

「そうです……きっとそうです。塙様、原因はあの人に決まってます」

お勝は怒りの顔をして立ち上がった。

「あの、おかみさん」

銀蔵爺さんが、何かを思い出したような顔を向けた。

「あっしの思い違いかもしれやせんが、おかみさんかご亭主に、貸本屋の知り合いはいませんか」

「いいえ」

「あの時、この隈笹に隠れていてはっきりとは見えませんでしたが、その若い男の足元に、貸本屋が担ぐ荷が置いてあったような気がするんでさ」

「まことか」

「へい。今思い出しやしたが、ありゃあ貸本屋だ。しかしおかみさんが知らないとすると、貸本屋のなりをして、お嬢ちゃんに誘いをかけたのかもしれやせんぜ」

銀蔵爺さんは、俄かに自信のある口振りで言ったのである。

三

「段七さんの昔ですか」

広州屋千五郎は、はて……と思案の目を向けてきたが、十四郎がことの次第を説明すると、

「そういうことでしたらお話ししましょう」

と、掌の上にあった飲み残しの茶碗を置いた。

大伝馬町一丁目に大きな紙問屋を営む『広州屋』の奥座敷には、明るい陽射しが部屋の奥まで射し込んでいた。

両脇に開け放した部屋の障子のむこうには、手入れの行き届いた庭が広がっていたが、客間の真正面にあたる場所には、段七が作った牡丹、楊貴妃と飛翔蓮の

鉢植えが水をもらったばかりなのか、陽の光に輝いていた。

十四郎は段七が借りている下谷の二百坪もの土地の持ち主が広州屋だったと知って、段七の周辺を聞きたくて訪ねてきたのである。

広州屋は鬢に白いものが混じってはいるが、まだ若々しく、顔の色艶もよい上品な顔立ちをした男だった。

十四郎が広州屋の店先で橘屋から来たのだと告げると、すぐに奥からにこにこして出てきて座敷に案内してくれたのである。

大店の、腰の据わった主の貫禄が、広州屋には窺えた。

「さて、何からお話ししたらよろしいのか……」

「段七に土地を提供しているようだが、段七とはどんな繋がりがあったのだ」

「それは、段七さんが以前奉公していましたお屋敷の殿様と私は碁敵でございまして、ちょくちょくお屋敷をお訪ねしておりました折、段七さんとも知り合いになった、そういうことです」

「ふむ、異なことを聞くものだ。段七の女房お勝の話では、段七は酒好きが災いして、いずれの屋敷でも奉公を途中で打ち切られるような、そんな困った人間だったと聞いているぞ」

「確かに……私もそのことは聞いておりました。しかし、私が懇意にしていたお屋敷ではそうではなかったのでございますよ」

「ほう……なぜかな」

「殿様のお人柄と申しましょうか、殿様は人徳をお持ちのお方でございました。ですからあのお屋敷では、段七さんの赤鼻を誰一人気味悪がったり、馬鹿にしたりしたことはございませんでした」

「なるほど、そういうことか。つまり段七が勤めやすい屋敷だったという訳だな」

「はい。私が見た限りではそうでございました。むろん殿様がそういうお方でしたから、奉公人一同も段七さんを快く受け入れたものと思われます」

「…………」

「段七さんは半期限りの中間ではございましたが、奉公の期限が切れる頃には、殿様は段七、段七と、段七さんがいなければ外にも出られないといった可愛がりようでございました。塙様は太閤様のお若い頃の話をご存じでございましょう。草履取りの話を……。段七さんは、それぐらい、心の底から殿様にお仕えしていたのですから、好かれない訳がございません」

「驚いたな」

「いいえ、当然でございますよ。それまでの段七さんは、あの赤鼻のせいで、どこに行っても馬鹿にされ、蔑まれ……これじゃあ、どんな人間でも嫌になります。お酒に溺れたのも私には頷けます。しかし、あの殿様のお屋敷では違ったのです。段七さんは渡り中間を長年してきた中で、初めて人間らしい扱いを受けたと、しみじみと言っておりました。自分を必要としてくれている、それが段七さんを変えたのではないでしょうか。人は、自分を必要としてくれていると知れば、たいがいの人は、そう思ってくれる人のために頑張ろうと思うものです。まっ、そういうことがありまして、お屋敷の奉公が切れた後も殿様は段七さんのことを気になさっておられました。台所が潤沢ならば常雇いにしてやりたいと思っておられたに違いありません。しかしこのご時世、どこの御旗本も内証は苦しいですからね。気持ちはあっても、常雇いにはできなかったという訳です」

「ふむ……それで段七は、別の屋敷に雇われていったという訳だな」

「はい」

「ところがまた赤鼻を馬鹿にされるようになって、再び酒に浸るようになった」

「おそらく……」

「で、その頃にお勝と知り合ったのか」

「はい。その頃でしたな、私が段七さんに町でばったり会ったのも……その時段七さんはもう渡り中間は辞めたいのだと言いましてね。いつか中間を辞めて花か盆栽作りをやるのだと……。私はその話を聞いて、段七さんならやれるのではないかと思ったのです。それまでにも段七さんは、お武家や商人から盆栽作りを頼まれて、渡り中間の傍らやっておりましたからね……で、たまたま空き地になった土地があったのを思い出しまして、それでお貸ししたのですよ。賃料は成功した暁(あかつき)に頂くという約束で……」

「なるほど……段七にとっては天の恵みだったな、広州屋、おまえと会ったのは」

「いえいえ、期待どおり立派に名人になった訳ですから、私はそれで満足です。ほら、ああして私も美しい牡丹を貰っています。お世話した甲斐があったというものです」

「すると、おまえは、段七に恨みを持つような人間は知らぬと、そう申すのだな」

「はい。私が知る限りは、そうです。ただ、余所(よそ)ではどうだったかと言われますと、それは分かりません。お酒が過ぎて乱暴なことをしたこともずいぶんあったと聞いておりますから……しかし、もし、そんなことがあったとしても、私から見れば、そもそも悪いのは段七さんでなくてむこうでしょうな」

「そうか……いや、忙しい手を止めさせてすまなかった」

「いいえ、娘さんが早く元気で戻ってくるように私も祈っています。私にできることがあればなんなりとおっしゃって下さいませ」

と広州屋は言った。

十四郎はそれで立ち上がったが、廊下に出てから、ふと思い出し、振り返って広州屋に聞いてみた。

「それはそうと、その殿様だが、名はなんと申される」

「旗本三百石の石黒左仲(いしぐろさちゅう)様と申されましたが、高利のお金を町の金貸しから借りてそれが返せなくなり、評定所(ひょうじょうしょ)に訴えられて、石黒家は改易(かいえき)となっております」

「何……段七はそのことを知っているのだろうか」

「私が伝えました。いかほどのお金だったのか存じませんが、私に申しつけて下さればなんとかなったかもしれないものを……しかしなぜという気が致しております。あんなに堅実なお方がと……不思議でなりません。そういう訳ですから、その後どちらに参られたのか私には皆目見当もつかないのでございます」

広州屋は暗い目を十四郎に向けた。

旗本石黒家の話は、段七の昔を知る上で興味深い話であった。

だが広州屋の話から浮かんできたのは、石黒家の段七の処遇は例外で、それ以外の場所では赤鼻が原因ですさんだ生活を送り、誰彼となく喧嘩をしていた段七の姿であった。

一つ一つの出来事は町方役人の世話になるというほどのものではなかったらしいが、どんな些細な喧嘩であれ、こちらが考えている以上に相手を傷つけているということもある。

そう考えると、お菊がいなくなったことと切り離して考える訳にはいかなかった。

お勝に心当たりがない限り、もう少し段七の周辺を調べるしか手立てはない。

十四郎は傾きかけた陽の陰りの中に踏み出した。

「おかえりなさいませ、十四郎様。先ほど番頭さんもお帰りになりまして、お登勢様のお部屋で待っておられます」

橘屋に戻ると、伸びあがって軒行灯（のきあんどん）に灯を入れていたお民が言った。

十四郎は藤七に、段七を見張るように言いつけていた。

「うむ……」

玄関に入ろうとして十四郎は立ち止まった。

泊まり客が大勢上がり框（かまち）に腰を据え、足盥（あしだらい）を使っていたのである。

万吉が幼い背を見せて、客の足を洗ったり、履き物を片づけたりして奮闘していた。

万吉は浅草寺に捨てられていたのをお登勢が連れてきて小僧にしている男児である。まだ十一歳だが、自分の境遇をわきまえていてよく働く。

下谷の牡丹の畑を手伝っていたお菊もそうだが、幼子（おさなご）が懸命に働く姿は健気（けなげ）である。

十四郎は客の混雑を避け、勝手口に回り、そこからお登勢が居間にしている仏間に向かった。

部屋の戸を開けると、話し込んでいたお登勢と藤七が顔を向けた。

「藤七、何か分かったのか」

「段七さんがお金を運んでいるところが分かったのですよ」

お登勢が言った。

「どこだ」

十四郎は座りながら、藤七の顔を見た。

「その人は田原町の裏店に住んでいます。お勝さんと段七さんの住まいは東仲町の裏店ですから隣町です」

「ほう……隣町か」

「はい……」

藤七の話によれば、段七は今日、昼過ぎまで牡丹の世話をしていたが、八ツ(午後二時)頃に牡丹畑を出て、浅草寺への道に出た。

闘花会に顔を出すのかと思ったら、浅草寺の手前の道から南に向かった。

浅草寺の南に広がる町には田原町や仲町があり、東仲町には段七お勝の住まいがあるので、家に帰るのかと思っていたら、段七は隣町の田原町に入った。

そして、田原町一丁目の角の酒屋の裏店に入っていったのである。

お菊がいなくなって三日になる。

それなのに段七は、あんなに可愛がっていたお菊を捜しに出るでもなく、落ち着いた足取りでその長屋の一軒に入ったのである。

まもなくだった。

段七は若い女に見送られて、その家を出てきたが、

「よろしく頼むよ」

女に念を押して帰っていったのである。

物陰に身を隠していた藤七は、段七が長屋の木戸口から消えるのを待って、その家の前に立った。

「ごめん下さいませ」

藤七が表で声をかけると、先ほどの若い女が顔を出した。

間口が一間半ほどの、比較的広い長屋だったが、開けた戸のむこうに誰かが臥せっているのが見えた。

病人だとすぐに分かった。

手前のお勝手場になっている板間で、白い湯気がたち、薬湯を煎じる独特の匂いが家の中に充満していたからである。

「私は段七さんの知り合いの者ですが……」

藤七が小声で告げると、女はあっという顔をして奥に視線を走らせたが、

「ちょっとお待ち下さい」

藤七に断って引き返し、

「松乃様、すぐに戻ります。お薬湯はまもなく差し上げますので、いましばらくお待ち下さいませ」

臥せっている者に断りを入れ、女は藤七が待っている表に出てきた。

「お待たせ致しました。中には病人がおりますので、お話は表で伺います」

「お取り込み中をすみませんな。実は私は深川の御用宿橘屋の番頭で藤七といいますが、段七さんのことについて、少しお聞きしたいことがありまして」

「ああ……」

女は意外にも事情を呑み込んでいたらしく、静かに頷いた。

女はおえいと名乗った。

「おえいさんですか。聞きにくいことをお聞きしますが、おえいさんは段七さんとはどういう……つまり関係をお尋ねしているのですが……」

藤七が不躾な質問をすることを詫び、おえいに尋ねると、おえいは目をぱちくりして小首を傾げた。

「いえいえ実は、段七さんのおかみさんが、段七さんにはいい人がいて、そこに通い詰めていると、まあそんなことを言うものですからね」

藤七が苦笑すると、

「そうですか。段七さんはやっぱり、何もおかみさんには話していなかったのですね」

おえいはそう言い、自分は段七さんに雇われて、あの家の主、松乃様という老女の世話をしているのだと言ったのである。

「十四郎様、その松乃様という方でございますが、おえいさんの話によれば、段七さんが昔奉公したことのある、さる殿様のお母上だというのです」

段七に女ができたというのは、お勝の思い違いだったのだと藤七は言った。

「藤七、その松乃という母御だが、石黒という殿様のおふくろ様ではないのか」

「ご存じだったのですか」

藤七は驚いた顔をした。

「いや、おふくろ様がいたという話は聞いてない。だが、石黒左仲という旗本の話は聞いてきたところだ」

十四郎は手短に、広州屋千五郎から聞いてきた話をして聞かせた。

「そうでございましたか。おえいさんの話によれば、お家が改易となり、奉公人も散り散りになって、殿様は奥様をご実家に帰した後、お母上様と長屋住まいをしていたらしいのですが、借金の取り立ては長屋まで押しかけてくる始末、とうとう殿様は心労のあまり亡くなられた。それが二月ほど前のことで、段七さんが殿様の有様を知った直後だったようでございます。段七さんは殿様が亡くなられるいまわの際に、お母上様のことは自分がきっとお世話しますと約束したようです。それでおえいさんにお母上様のお世話を頼んだという訳です。段七さんは、牡丹の花を売ったお金で、借金を返済しているようですが、あと少しだということです。ただ、松乃様のご病状が芳しくなくて、お医者からあと数か月の命ではないかと言われているようです」

「そうか……そういうことだったのか、段七は受けた恩を返そうとして。しかしそんなことならお勝に話してやればよかったのだ」

「十四郎様。段七さんは恩ある家の恥をさらすような話は、誰にもしたくなかったのではないでしょうか。ただ、不思議に思うのは、段七さんはお菊ちゃんがいなくなったことで、格別慌てている様子が見えないことです」

お登勢は思案の目を向けた。

「そのことでちょっと気になることがあるのですが……」

藤七は膝に手を置くと、

「これは、おえいさんに聞いたのではなく、私が後で、長屋の者に聞いて分かったことですが、おえいさんには許嫁がおりまして、その男は貸本屋をやってるというのです」

「何、貸本屋……」

「はい。時々おえいさんを訪ねてきたついでに、長屋の女たちを相手に商いをしているようですから、間違いはありません。その男は伊佐吉というようです」

「十四郎様……まさかお菊ちゃんを連れていったのは、その伊佐吉という人ではないでしょうね」

お登勢の顔に緊張が走った。

だが、なぜだという気がした。

お登勢も同じことを考えていたようで、思案の目を十四郎に向けた。

四

十四郎が段七お勝夫婦の住む裏長屋の木戸を潜ったのは、翌日昼過ぎだった。

浅草寺近くの小料理屋鶴亀屋にお勝を訪ねていったところ、心労のため昨日から休んでいると聞いたからだ。

二人が住む裏店は浅草寺の目と鼻の先、東仲町であった。

「段七……お勝、入るぞ」

長屋の戸口で断りを入れて中に入ると、

「だ、旦那、ただいまお知らせに行こうと思っていたんですが、き、来たんですよ、脅迫が」

お勝は奥から転がるようにして、出てきて言った。

泣いていたらしく、化粧は剝がれ落ちて、無残な顔になっている。

「どのような要求をしてきたのだ。見せてみろ」

「それが、書きつけではなくて、相手は段七さんに直接言ってきたんですよ。闘花会に牡丹の苗を持参した時に、どこからか男の子が現れて、『お菊、三十両、本日七ツ、姥ケ池……』、二度そう言って駆け帰ったというのです」

「七ツ、姥ケ池……」

「はい。それで段七さんは、お花を欲しがっていたお人がいましたので、鉢植え一つそのお客さんに持ってって、頂いたお金を姥ケ池に持っていくのだと言って、家を出ました」

「分かった。俺も行ってみるぞ」

「お願いします。七ツといえばもうすぐでしょうから」

お勝が言い終わらぬうちに、浅草寺内にある時の鐘が七ツ（午後四時）を知らせた。

「いかん」

十四郎は東仲町の大通りに走り出ると、浅草寺広小路を抜けて雷門に駆け込んだ。そしてそこから北に向かって一気に走った。

——間に合わぬかもしれぬ。

そう危惧したが、姥ケ池に向かって延びている道に入ったところで、むこうからお菊の手を引っ張って帰ってくる段七の姿が目に入った。

「段七……」

十四郎が駆け寄ると、

「これは旦那、ご足労願いまして申し訳ありやせん。ですが、こうしてお菊を取り戻して参りやした」

「相手は」

「へい。ぶっとばしたら、逃げていきやした」

「伊佐吉という男ではなかったのか」

十四郎の問いに段七は目を見開いて、赤鼻を二、三度ひくひくしてみせたが、

「伊佐吉とは誰のことですか。お菊を連れてきたのは二人連れのならずものでしたよ、旦那」

「ならずものが二人……」

十四郎がお菊に問いかけるような視線を送ると、お菊はすぐに俯いた。泣き出しそうな顔である。

「旦那、そっとしてやって下さいまし。お菊はまだ気が動転したままでございやす」

「そうだな、無理もない。まあ、無事に帰ってきて、よかった……」

一応ほっとしたものの、この時十四郎は、お菊の髪が綺麗に梳かしつけられて

いるのを見て、おやと思った。

攫っていった人間は、お菊を丁重に扱ったと見える。

お菊にそこらあたりの話を聞きたいところだが、お菊はひと言もしゃべらず、俯いたまま段七に手を引かれ、長屋で待っているお勝のもとに帰っていったのである。

「お菊、無事でよかったね。怪我はないかい……お腹は空いていないかい」

お勝はお菊を抱きしめると、頭のてっぺんから足の先まで撫で回すように確かめた後、

「それにしても、おまえさん、見直しましたよ。ありがとう」

傍に立ち、二人を見下ろしていた段七を振り仰いで言った。

「なあに、てえしたことはねえ」

段七はぼそりと言った。

「いいえ、おまえさんがいなかったら、お菊はどうなっていたことか……お菊はおまえさんにこれで二度も助けられたことになります。つまらないことに拘って、おまえさんと別れたいなどと考えていた私は浅はかな女です。これこの通り謝ります。許してくれますか、段七さん」

「いいってことよ」

「でも、段七さんが悪い奴らをやっつけるなんて」

お勝は嬉しそうに十四郎に笑顔を向けた。

「俺だってやる時にはやる。二、三発殴ったら謝りやがった」

「じゃあ、お金も助かったのね」

お菊が戻ってきたと安心したら、俄かに金の行方もお勝は気になったようだった。

「いや……あれ？」

段七は懐を探っていたが、

「しまった。奴らに渡して取り返すのを忘れていた。お菊のことで頭がいっぺえで」

などと、言い訳をした。取り繕ったような感じを十四郎は受けた。

「おまえさん……」

お勝は、苦笑してみせたが、段七を咎める風でもない。

亭主を頼もしそうな顔で見ていた。

泣いているお菊はともかく、二人のやりとりを聞いていた十四郎は、なんだか安物の芝居を見ているような気がしていた。
お菊が帰ってきたのだから、それはそれでいい。
これで二人の仲がおさまれば、お勝が懸念していたことも決着をすることにな
り、橘屋としても大いに助かる。
だが、段七の単純な説明では、釈然としない部分があった。

ともかく、十四郎はことの顚末を金五に伝えておくために、橘屋に戻る前に、
まず慶光寺の寺務所に寄った。
金五は調べものをしていたようだが、帳面を閉じると、
「ふむ……妙な話だな、十四郎」
お菊騒動の決着に首を捻った。
「まあ、これでお勝の一件は落着だ」
十四郎がふっと笑うと、
「いや、実はおぬしに話しておこうと思ったのだが……寺社奉行の名を使って評
定所に手をまわし、石黒家改易の件を聞いてみたのだ。すると、借金といったっ
て百八十何両だったか、二百両足らずだったぞ」

「ほう……」

「しかもその借金は、五年前、領地となっている村が野分けに遭い、米の収穫が壊滅状態だったためだというのだ。その年の年貢はおろか翌年も田が荒れていたために収穫は半分ほどだったようで、つまりそういう事情を抱えての借金だったのだ」

「すると贅沢をしての借金ではなかったのだな」

「そういうことだ。石黒家が最初の年に借りた金は百両ほどだったというのだが」

石黒家は家禄三百石である。

通常三百石の旗本といえば、およそ実収入は四公六民として百二十石、一石一両として百二十両、これで一年間やっていかなければならないが、家族や家来の食費、家来の給金、三百石の旗本の体裁を保つための諸雑費や交際費などすべてを賄っていかなければならず、御公儀が定めている軍役七人の家来と馬を養うなど、まっとうに年貢が入っていてもできるものではない。

領地が壊滅状態となれば、どこからか借金をしなければならないのは当然のことで、初年度に借りた金額が百両というのは、ぎりぎりの金額だったに違いない。

「ところがだ」

金五は帳面を風呂敷に包みながら、話を続けた。

「翌年も金を借りなければならなかった。籾米まで取りあげたら百姓が成り立たぬ。石黒左仲は人の好い男でな、できるだけ百姓の負担を軽くしてやりたいと思ったのだろう。また町の金貸しから借りたんだ。やがてその金が利子を含めて二百両近くになったが、その間一両も返せなかったのだ。しかしそんな旗本など掃いて捨てるほどいるぞ。このご時世だからな。ただ石黒が借りた相手が悪かったのだ。それで訴えられた。借金の話が評定所まで聞こえてきたら、御公儀も放っておく訳にはいかないからな。改易となったのはそういう事情だ。だがな、この改易話には当然だが、同情論が多くあったということだ」

「その金貸しだが、なんという金貸しだ」

「神田の相生町に店を張る『仙石屋』だ。主は儀兵衛という者だが、質屋もやっている食わせ者だ。普通、家まで潰した相手の落ちぶれていった先まで追っかけるか?……だが奴はそこまでやった。よほどあくどい人間だと思える」

「その二百両近くの金を、段七が肩代わりしたのだな……」

「おそらくな。お勝も怒りをおさめたのならそれはそれでいいのだが、そんなことなら駆け込みの真似ごとなどするなと言い聞かせておいた方がいい。縁切り寺は、切羽詰まった女を救う寺だとな」

「分かっている。そのように言うつもりだ。ところで今日は千草殿のところに帰るのか」

「そうだ。すまぬが、おぬし、後を頼む。明日昼までには必ず戻る」

金五は風呂敷包みを抱えると、十四郎と肩を並べて寺の門前に架かっている石橋を渡って門前町に出、そこから妻千草の待つ諏訪町の道場に向かった。

心なしか、後ろ姿が踊っているように見える。

「金五の奴……」

十四郎は苦笑して見送ると、橘屋に入った。

「十四郎様、よいところに……貸本屋の伊佐吉を連れて参りました。待たせておりますが、いかが致しましょうか。お登勢様は急遽お出かけになりまして、あなた様がおいでになるのをお待ちしておりました」

藤七が帳場から立って出てくると、十四郎に告げた。

「分かった。俺が会おう」

すぐに藤七と一緒に帳場の裏の小部屋に入ると、長身の色白の若い男が、傍に貸本屋の箱包みを据え、膝を揃えて待っていた。

「十四郎様、この人がおえいさんの許嫁で、伊佐吉さんです。やっぱりお菊ちゃんを連れ出したのは、この人だったようですよ」

藤七は伊佐吉に視線を走らせて、十四郎に告げた。

「申し訳ございません。私は伊佐吉と申しますが、おえいさんを通じて段七さんに頼まれまして、それで、お菊坊を預かっていたのです」

伊佐吉は小さくなって手をついた。

「ふむ。おおよその見当はついていたのだが、なぜこんなことをした」

「……」

「俺が思うに、段七はお勝の気持ちを引き止めたいがために、お菊が何者かに連れ去られたとして、後で自分がその者からお菊を取り戻すという、下手な芝居を打った。そのために、おまえに頼んだのではないのか」

じっと見た。

「恐れ入ります」

「今更だが、すべて話すのだ」

「はい。こちらの番頭さんから、お奉行所に訴えられれば、どれほど重い罪なのかお聞きしてぞっとしております。なんでもお話し致します」

伊佐吉は震え上がると、おえいから話を持ちかけられた時、おえいが段七の世話になっている以上、断るに断れないと思ったのだと言った。

伊佐吉は、材木町の自分の裏長屋にお菊と籠もって、ひやひやしながら生活していたようだった。

「お菊は、そんな大人たちの思惑を知っていたのか」

「はい。お菊坊には、おとっつぁんとおっかさんが仲良くなるためだと段七さんが言い聞かせていたようです。でも、一日経ち、二日経ちしますと、お菊坊もだんだん不安になったようでして、家に帰りたいなどと泣き出しまして困っておりました」

「十四郎様、伊佐吉さんは今朝、段七さんから浅草寺に連れてくるように連絡をもらったんだそうでございます」

「すると、段七が二人のならずものをぶん殴ってお菊を取り戻したという話は、嘘か」

「はい……」

「身代金の話も嘘なのか」

「びた一文、お金のやりとりなどございません。私もおえいさんも段七さんのことを心配して手をお貸ししたことですから」

「段七の奴」

十四郎は苦々しげに呟いた。

「どうか段七さんのことを許してあげて下さいませ。他には方法が見つからなかったのだと存じます」

「馬鹿な。別に悪いことをしている訳ではないのだからお勝に正直に話せば済むことではなかったのか」

「それが……」

伊佐吉の話によれば、松乃という老女は、石黒家が改易になったことをひどく恥じていて、長屋でも身分を隠して住んでいる状態で、親類縁者とも縁を切っているのだという。

かろうじて段七一人が出入りを許されていて、病気になった時にも、段七が頼み込んでおえいを世話役につけたという事情がある。

恩ある殿様のお母上に、これ以上ご心労をかけては、というのが段七の口癖で、だから段七は、女房のお勝にも話そうとはしなかったのだと伊佐吉は言った。

むろん伊佐吉も出入りできるようになったのはつい最近で、おえいが買い物に出る間、松乃を見守っていたこともあるのだが、ひどく難しい老女だったというのである。

「理由はともかく、二度とこのようなことをしてみろ、許さんぞ。段七にも厳しく言うつもりだが、おまえも二度としてはならぬ。後ろに手が回るどころか、死罪だぞ」

「もう二度と致しません」

伊佐吉は震える声で言い、頭を床に擦りつけた。

五

「世の中いろいろありますから、ここに駆け込んでくる夫婦も様々です。段七さんも十四郎様から叱られて、もう懲り懲りでしょう。腹は立ちますが、一組の夫婦が元の鞘におさまったと思えば……」

お登勢は、小さな茶碗に最後の一滴まで絞るように茶のしずくを落とし切ると、十四郎と金五の前にその茶を差し出した。

昨日十四郎は、下谷の畑に段七を訪ねており、お菊失踪は段七の狂言だったことを叱責して謝らせ、二度と馬鹿な真似はしないように言い聞かせている。

お勝がいないところで叱ったのは十四郎の心配りだったが、どうやらお菊を通じてすっかりばれてしまったようで、段七は松乃の話もすべてお勝に告白したらしい。

「そういうことなら、おまえさんの思いどおりにすればいいんですよ」

お勝は年上女房よろしく、段七に理解を見せたというのだから、初めからそうしておればと、段七は悔やんでいた。

その話を、十四郎が金五にしたところで、お登勢が美味しいお茶が届いているのだと言い、さっそく淹れてくれたのであった。

「新茶です。お試し下さいませ」

「ほう、うまそうだ」

取り上げて口に含む。

茶は、こくがあってしかも甘かった。

「お煎茶ですが『宇治昔』と銘された札が入っておりました。お抹茶も結構ですが、お煎茶にしてはまろやかなお味です」

十四郎と金五が喫する傍でお登勢が説明する。

お登勢は茶の葉にこだわっていて、茶にも様々あり、美味しさが違うということを、十四郎はこの橘屋の用心棒になって初めて知った。

「うまい」

十四郎が呟くと、お登勢は嬉しそうに笑みを浮かべた。

「我々には縁遠い味だな、これは」

金五も感心して飲み切ると、

「うまい茶を頂いたところで十四郎、おぬしに頼みたいことがあるのだが」

「何だ。妙にそわそわしていると思ったら、そういうことか」

「いや、実は他でもない。時々でいいから、千草の道場に出向いて門弟に剣術を教えてやってくれないか。むろん、ここの仕事が忙しい時はいいのだ」

「お安い御用だが、流派が違うではないか。門弟が戸惑うだけだ」

「よいのだ、そのようなことは……千草もいつまでも始終稽古場にいるというのはな」

金五は頭を掻いた。

「近藤様、もしや千草様にお子が……」

「いや、まだまだ。ただ、この先のことも考えねば、おふくろがうるさいのだ」

金五は、まんざらでもない顔をした。

「じゃあな、考えておいてくれ」

照れて立ち上がった時、玄関が俄かに騒々しくなった。

「お願いでございます。お助け下さいませ」

女の叫ぶ声が聞こえてきた。

「お勝だぞ、あの声は」

十四郎は、金五とお登勢に視線を投げた後、部屋を出て玄関の板間に向かった。

「塙様、皆様、お助け下さいませ」

やはりお勝だった。お勝は板間に転げ込むようにして上がり、手をついた。

「気が変わって駆け込みをしてきたのか」

金五が苦笑する。

「お菊が、攫われたのでございます」

「また俺たちを騙すのか、この前のような話なら捨て置かんぞ」

「いいえ、正真正銘のかどわかしでございます。でも……」

「でもなんだ」

「亭主の段七に内緒で、取り戻していただけないでしょうか」

「おいおい、今度は亭主に内緒だって……おまえたちはここをいったい何処だと思ってるんだ……正真正銘のかどわかしだと分かっているのなら、奉行所に頼め」

「お奉行所には頼めません」

「なぜだ」

「お菊を攫っていったのは、前の亭主です」

お勝は、しょぼんとなって俯いた。

「まったく……お登勢、いい加減にあしらって追い返せ」

金五は突き放すように言って土間に下りると、慶光寺に帰っていった。

「近藤様がご立腹なのは分かりますね」

お登勢は、お勝の傍に腰を落として静かに言った。

お勝は頷くと、申し訳なさそうに懐から一枚の紙を出した。

「あたしへの文です。段七さんがいない時を見計らって、どこかの男の子を使って持たせて寄越してきたのです」

お登勢は素早く目を通すと、十四郎に黙って手渡した。

紙には『お菊を返してほしかったら、明日、暮六ツ、吾妻橋に百両持ってこい。長治』とあった。

「この、長治というのが、前の亭主か」

「はい……」

「いつだ、連れ出したのは」

「段七さんを送り出して洗濯をして、家の中の掃除にとりかかった時でした。子供は仕事の邪魔になりますから、外で長屋の子供たちと遊ばせていたんです。急にお菊の声が聞こえなくなったと思って外に出てみると、どこかのおじさんが連れていったって言うんです。まもなくでした、どうしたものかと考えもつかないまま座っていると、知らない子供がこの文を届けてきたんです」

「しかし、前の亭主は、おまえの今の生活を知っていたのか?……長屋暮らしをしているおまえに、百両もの大金がつくれるなどと、どうしてそんな突拍子もないことを」

「知っているんですよ。段七さんが作った牡丹の花でお金が入ってくることを、私がしゃべったんです」

「何……」

「この間、お菊がいなくなった時です。塙様に誰からか恨みを買っていないかと言われた時、私、それなら段七さんの方ですと言ったものの、ひょっとして前の亭主がお菊を取り返しにきたのかもしれないと思ったんです。それで、長治さんがやっているお店を覗きに行って……」

お勝のもとの亭主、長治は浅草御蔵の西方にある元鳥越町の旅籠『山形屋』の次男坊だった。

お勝は若い頃、山形屋の仲居をしていて、それで二人はいい仲になり、長治は父親から暖簾分けの金を貰って、黒船町に小間物屋の店を出し、お勝と一緒になった。

店は親元の旅籠の屋号と同じ山形屋としたが、本来親の庇護のもとで育った長治は商い下手で、店は一年も経たないうちに苦しくなった。

大店の若旦那たちと連れ立って商人遊びはするのだが、それが過ぎて、親元に再三の借金を頼みに行くようになり、それを父親から咎められるようになって荒れ出した。

仕入れの金をつくるのだと言って、博打場に走り、お勝が文句を言おうものなら、暴言を吐き、暴力をふるうようになっていったのである。

お勝は、長治に女ができたことを知った時、激しくやりあった。

結局それがもとで夫婦別れしたのだが、あれから五年、二人の間にできたお菊も七歳になって、お勝の口から言うのもなんだがお菊は本当に愛らしくなった。

ひょっとして夫は、お菊を遠くから見ていて、それで連れ出したのではないかと、先日のお菊かどわかしの時、思ったのである。

お勝は段七にも内緒で、五年ぶりに黒船町に足を向けた。

小間物屋の山形屋は、隣町の諏訪町との間を抜ける道筋にある。

お勝は、一度店の前を通り過ぎて様子を窺ったが、店の中はしんとしてお客が入っているようには見えなかった。

暖簾も色褪(あ)せていて、どことなく寂しげで、店がどんな状態なのかお勝には手に取るように分かったのである。

罵(のの)りあって別れたとはいえ、もとは夫婦。互いに心を寄せ合って店を立ち上げた若い頃のことが蘇って、思わず胸が苦しくなった。

——どうしたものか。いっそ乗り込んで、お菊はいないか直接聞いてもいいんだけど……。

物陰に潜んで逡巡(しゅんじゅん)し、時を過ごすうちに夕闇が迫ってきた。

まもなく、店の大戸が閉じた。

——ああ、とうとう店に入れなかった。でも、店の中からは、お菊の声など一つもしなかったもの。ここにはいない。

諦めと空しさと、そして惨めさに襲われて店の前に立ち、振り切るように引き返そうとしたその時、

「待ちな」

潜り戸から長治が出てきて、

「誰かと思っていたら……元気そうだな」

薄闇の中に、長治の嘲笑が聞こえてきた。

「何か用なのか……そうか、またここに戻りたい、それを頼みにきたんだな。おまえさえよければ、帰ってきてもいいんだぜ」

長治はやくざのような口を利いた。

お勝と別れた頃より、一層荒れた感じがした。

「そうじゃありませんよ。お菊がここに連れてこられたんじゃないかって、それで寄ってみたんですよ」

「お菊が……お菊がどうした」

「誰かに連れ去られたものだから、あんたじゃないかと思ったんですよ」

お勝は長治のことを、あんたと言った。

昔はおまえさんとか、長治さんとか言っていた。だが今は、そんな甘ったるい呼びかけはできないと咄嗟に思ったのである。

「いつだ。どこでお菊は連れ去られたんだ」

わが娘にはさすがに心が動くらしい。

お勝は、新しい亭主と一緒にお菊は浅草寺の闘花会に行ったのだが、そこでいなくなったのだと告げた。

本当は長治に再縁した話を告げるのは気が進まなかった。長治を見た時、ああ、この人は幸せではないと思ったからだ。

自分も岐路に立たされてはいるが、長治の方がもっと、心に傷を負った生活をしているように見えた。

だが、お菊がいなくなったことを説明するには、今の生活を隠す訳にはいかなかった。

「そうか……おまえは、新しく所帯を持っていたのか」

長治の声が、突然失望した後の、揶揄するような声音に変わった。

「亭主がいるのに、俺に縋りにきたって訳か」

二人の間には、言い知れない深い溝ができたのをお勝は悟った。お勝は気持ちを奮い立たせて言い返した。

「違います。そんなんじゃありません」

「そうじゃないか。どうせ亭主はお菊を粗略(そりゃく)に扱っているんだろ。義理の仲だ、そうだろ。だがな、いいか。別れたといってもお菊は俺の子だ。粗末にしたら承知しないぞ」

「何言ってるの、自分のしたことを棚に上げて。言っときますけど、あたしもお菊も幸せですから。お金にだってあんたといた時のように苦労はしていませんから」

　お勝は嘘をついた。段七を支えてずっと小料理屋で働いてきたにも拘わらず、段七は新しい女をつくっているのかもしれないのである。

　やっとお金儲けができるようになったのに、その金を自分たち母子にではなく、余所に持っていっているらしいのである。

　だがそんな事実を長治には告げたくなかった。

　その思いが、新しい亭主は花作りの名人で、牡丹の花を一株売ったら、五十両、百両の値がつくこともあるのだと言わせたのである。

「長屋暮らしだと言ったじゃないか」

長治は馬鹿にするように言った。

「嘘だと思うなら、浅草寺に行けば分かりますよ」

お勝はそう言い残して、長治と別れたのであった。

——来るんじゃなかった。癒されていた傷を広げてしまった。あの人への思いも、思いやりをもって考えられるようになっていたのに……。

お勝は泣きながら、黒船町を後にしたのであった。

「お菊が戻ってきたのはその二日後です。まったくもとの亭主は関係なかったのだと知り、ますます会いにいったことを後悔していたんです」

お勝は言い、十四郎とお登勢に救いを求めるような顔を向けた。

「それにしても大胆な男だな、長治というのは。おまえが奉行所へ届ける筈がないと踏んだ上で、堂々と名前まで書いているのだ」

「ええ……でも、お金なんて一両だってあるわけないのに……やっと私の稼ぎで暮らしているんですもの……私が馬鹿でした」

お勝は、袖で顔を覆った。

「お勝さん、あなたの気持ち、分かりますよ。別れたご亭主に不幸せだなんて言えなかったんでしょ。女にだって意地があるもの」

お登勢は言った。いたく同情したようである。

「お登勢様……どうしたらいいのでしょうか、どうしたら」

「十四郎様、かくかくしかじかと本当のことを言えば長治さんだって分かる筈です。お菊ちゃんは自分の娘なんだもの」

「そうかな。自分の娘を人質にとるなど狂っている。そんなあたりまえの説得で聞き入れるとは俺は思えぬ」

「十四郎様ができないというのなら、私がやってみます」

「お登勢……」

「だって、せっかく元に戻った夫婦の仲が、また危うくなるのを私は見過ごすことはできません。吉と出るか凶と出るか分かりませんが、お勝さん、お引き受けしましたよ」

お登勢は胸を起こしてお勝に言った。

梅雨に入ったらしく、御府内は朝から雨だった。

降り続くのではないかと心配していたが、夕刻近くになって止み、お登勢はほっとしたようだった。

お勝の元亭主、長治との約束の時刻は暮れの六ツ。

お登勢と十四郎はこの日、永代橋袂の茶屋『三ツ屋』から藤七の漕ぐ猪牙舟に乗り、お勝とは駒形堂前の河岸で落ち合い、そこから歩いて吾妻橋まで行く約束だった。だが、雨が降ったために川の流れが速く、舟を使うのは止めて橘屋を早々に徒歩で出た。

お勝と約束の場所で落ち合うと、女二人が先を歩き、十四郎は数間後ろから尾行するように歩いていった。

長治の方は子供連れである。しかも交渉相手が女とあっては、乱暴することもあるまいと思われたが、いざという時のために十四郎はついてきた。

夕闇が迫る頃、暮六ツの鐘が鳴り始めると、はたして長治は、お菊の手を引いて現れた。

迎えるのはお登勢とお勝、十四郎は橋の袂の物陰で見詰めていた。

「お菊……」

お勝が呼びかけると、お菊は怯えた顔でお勝を見た。

幼い娘は、たびたび大人の思惑に翻弄(ほんろう)されて、自身が声を出すのさえ恐れているように見えた。

「金は、持ってきてくれたんだろうな」

「ごめんなさい。本当を言うと、お金なんてないんです」

「嘘だ。俺は、おまえの言った通り浅草寺に行ったんだ。段七というらしいな、おまえの亭主は。あれだけの花を作ったんだ、金がないとは言わせないぜ。もう一度出直してくるんだな。それまでお菊は俺が預かる」

長治はお菊の手を引っ張って、引き返そうとした。

「お待ち下さい、長治さん。ここに十両あります。これで手を打っていただけませんか」

お登勢が静かに前に出た。

「誰だね、あんたは」

「深川の橋屋の主です」

「ほう……噂に聞いた御用宿の女将さんが、なぜここに……俺とお勝とはとっくに縁が切れているんだぜ」

「お勝さんとは友達なんですよ」

「ふん、どうだか知らないが、俺だってこんなことはしたくなかったんだ。店の、支払う金に困っているんだ。十両ではどうしようもねえ。いいかお勝、金ができたら、そちらから知らせてくれ。お菊はその時に返す、いいな」

「お待ちなさい。あなたは、何をしているのか分かっているのですか。こんな非道なことをして、恥ずかしいと思わないのですか」

「橘屋さん。あんたには俺の気持ちが分かるかね。俺は確かにお勝をあの時追い出したが、お勝が頭を下げて帰ってくるのを待っていたんだぜ。ずーっとだ。それが証拠に俺は再縁などしていない。せめてお菊ぐらい自分の手元におきたいと思うのは人情だろう。そのお菊を手放してやるから金を融通してくれと言ってるんだ。このお菊だってこの二日、俺とおとなしく暮らしてくれたんだ。そうだな、お菊」

お菊は長治に聞かれて、困った顔をして俯いた。

「だったらなおさら、親の気持ちがあるのなら、お菊ちゃんの手を放しなさい。お菊ちゃんの思い通りにしてあげなさい。お金のことは、この私が中に入って折り合いをつけましょう。それができないというのなら、あなたは父親などではありません」

お登勢は厳しく言った。

長治の揺れる気持ちを哀れには思ったが、後には引けないと思ったのだ。

「お菊……このおとっつぁんと一緒に行くだろ」

長治がお菊の手を放して、しゃがんでお菊に聞いた時、

「おとっつぁん」

お菊はふっとむこうを見て呟いた。

夕闇の中から段七が現れた。

「お勝、ここに金はある。この金を長治さんに」

懐から包みを出した。

「おまえさん」

「すべて俺が松乃様のことを内緒にしたのがことの始まりだ。責任は俺にある。それに、お菊は俺にとっても大事な娘だ」

「だっておまえさん、そのお金は」

「もう終わったんだ。むこうの始末はついている。この金は、広州屋の旦那から借りてきたんだが、なあに、牡丹の花を欲しい人はいくらでもいるんだ。少し安く売ればどうにでもなる」

「すみません、おまえさん……」

お勝が包みを摑んだ時、お菊が泣き出した。

お菊は、声を上げて泣いた。途方に暮れた絞るような声だった。

大人たちはみな一様に呆然と立ち尽くす。

幼いお菊が、一番傷ついているのを目の当たりにして、かける言葉を失っていた。

「お菊……」

お勝がお菊の頭に手を置いたその時、お菊が力をふり絞るようにして言った。

「おっかさん、どうしてこんなことになったの……お菊は、お菊はどうすればいいの、みんな好きなのに……」

「お菊……」

長治の顔が歪んでいた。

拳を作って震えていたが、くるりと背を向けた。

「長治さん……」

お登勢が呼び止めた。

長治は背を向けたまま、びくりとして立ち止まった。

「お菊ちゃんのためにやり直して下さい。自棄をおこさないで下さい。私にできることがあれば力になりますから……いつか晴れてお菊ちゃんに会える日も来ます」

お登勢の言葉に長治はこくんと頷いた。

そしてそのまま、振り向きもせず、見守っていた十四郎の前を足早に過ぎ薄闇の中に消えた。

「十四郎様、いらっしゃいますか」

長屋の戸口でお登勢の声がした。

「お登勢殿か」

十四郎は飛び起きると、慌てて敷きっぱなしになっている布団を奥に押し込んだ。

お菊がお勝のもとに戻ってから数日が経っていた。

あれから、段七が手を尽くして世話をしていた松乃が亡くなって、段七たち家族はもとの平穏を取り戻していた。

だが長治は、店を畳んでいずこかに行ったらしい。

夫婦の縁を切る仕事は、互いの思いが絡んでいて、仲裁する者たちもすっきりすることはまれである。

この世には全くの悪もないし、全くの善もないということだろう。

人は、愛するがために苦悩するが、そのことが、かえって相手を苦しめることにもなるのである。今度の事件は特にそうで、どこかに忘れ物をしたようで、十四郎は釈然としないまま、寝ころがって長屋の女たちのたわいもない話に耳を傾けていたのだった。

そろそろ橘屋に出向こうかと考えているところに、お登勢が訪ねてきたのである。

「失礼します」

お登勢はお供にお民を連れて入ってきた。そのお民の腕には牡丹の株が抱えられていた。

「おっ、買ったのか」

驚いて見迎える十四郎に、

「いいえ、段七さんに頂きました。でも、あのお高い牡丹じゃありませんよ。まだ試作段階の株のようですが、それでもお店に出せば、一両はするようです」

「一両……」

十四郎は目を丸くした。

一両もあれば、何日飲みに行けるだろうかと考えていると、

「お菊ちゃん、元気でしたよ。心配で様子を見にいったんですが、ほっと致しました。その上お花を頂いて嬉しくなって……ねえ、どこかでお昼、ご一緒しませんか」

お登勢が笑顔で見詰めてきた。

第二話　ひぐらし

一

「いや、この暑さでございますから、親父もとうとう惚けたのではないかとも考えましたが、まだ五十そこそこです。惚けるには少し早すぎます。かといってこちら様の他に相談するところもございませんので、恥を忍んでお願いにあがった次第でございますが……」

『甲州屋』の初太郎は、それでいったん口を閉じ、お登勢の顔を窺った。

だが、閉じている筈の唇からは出歯が今にも零れ落ちそうで、下がり目とあいまって、いかにも人の好さそうな人相を作り上げていた。

これが『鬼政』と恐れられ、嫌われた男の跡取り息子なのかと、一見した限りでは誰も想像がつかないのではないか。

十四郎は初太郎を見て、そう思った。

鬼政というのは、神田界隈では泣く子も黙ると陰口をたたかれていた甲州屋政右衛門についた渾名である。

政右衛門は十歳の時、甲州から江戸に出てきて質屋に奉公したのが始まりらしいが、二十五歳で独立し、以後の頑張りで大きな身代を築いた立志伝中の人である。

ただ、質屋だから当然金貸し業をやってきた訳で、そのやり口が非道であくどいという噂が立ち、いつの頃からか甲州屋政右衛門は鬼政と呼ばれるようになったのである。

ところがその鬼が、三年前に女房を失うと、翌年には息子の初太郎に嫁をもらって身代を譲り、自分は根岸の里で隠居生活に入っていたのだが、異変が起きた。

政右衛門は当年五十三歳になったばかり、初太郎は父親三十歳の時の子で、現在二十三歳だが、まだまだ商いについては父の意見と指導を仰ぎたいと考えていて、月に一度は父に隠居金十両を届けがてら、何かと相談にきていた。

ところが近頃は、心ここにあらずで、いつもあらぬ方を見ているというのである。

金にだけは執着があるようで、隠居した最初の頃は、月々届ける金もほとんど手つかずで金箱に残っていたものが、近頃では金が足りぬと言い、あと十両、あと二十両などと要求するようになり、今月は三十両入用だという。

隠居した理由は、根岸で花鳥風月を愛で、余生を楽しみたいなどと言っていた筈なのに、湯水のごとく金を遣い出したのである。

初太郎にしてみれば、譲られた身代だから、もともとは親父のもの、入用ならどれだけ遣っても文句の言いようもないのだが、その遣い道が判然としない。

現役の頃は、鼻紙一枚大切にするように言い、店の帳面も一文の狂いも見逃さないような人間だったその人が、遣い道も記さず、初太郎が質そうとすると鬼のような顔で睨むのだと言うのであった。

「私は恐ろしくて聞けません。こちら様とはつい先年お近づきになっていると聞きました。それで、思いたって参ったのでございます」

初太郎は、申し訳なさそうな顔をした。

二年と少し前のこと、政右衛門は、橘屋に夫と別れたいと言って駆け込んできたお梶という女を助けている。

お梶は浅草御門の近く、福井町の裏店に住む文治と再縁していた女だったが、文治に内緒で甲州屋から三両の金を借り、実家の小梅村の両親に渡したことがばれ、夫婦喧嘩の末に別れ話になったのであった。

お梶は甲州屋の店がある馬喰町一丁目の古本屋『里美屋』に勤めていたから、政右衛門とは顔見知りだった。

お梶は亭主の文治から、別れたいのなら手切れ金として三両出せと迫られて、その金を貸してくれないかと、政右衛門に申し込んだことで、政右衛門が事情を知った。

以前に甲州屋はお梶に三両貸していたから、もう三両となると、合計六両にもなる。

お梶は借金は身を売ってでもお返ししますと言ったようだ。人の噂にも聞く鬼政は、身を売ってできる金なら、そこまでなら金を貸すという評判だった。

それでお梶はそんな申し入れをしたらしいのだが、どういう風の吹き回しか、政右衛門は、ぽんと文治に手切れ金として渡す三両を出してくれたのである。

しかも、返済はいつでもいい。以前に貸した三両についても同様で、お梶さんが返せるようになった時でいいなどと、仏のようなことを政右衛門はお登勢の前で言ったのである。

お陰でお梶は、寺入りせずに離縁が叶った。

お登勢と政右衛門とは、そういう知り合いだったのである。

とはいえ、初太郎の持ち込んできた相談は離縁の話ではないだけに、引き受けていいものかどうか思案するところだろう。

だがお登勢は、

「鬼政、いいえ、政右衛門様にはこちらもお世話になりましたし、わたくしもお力になりたいとは存じますが、ご希望に沿える結果が得られるかどうかは分かりません。それでもよろしゅうございますか」

断り切れなくて承諾した。

「ありがとうございます。私もこれで、少しは気が楽になります」

初太郎はほっとした顔をしてみせた。

「しかし初太郎、父御には女でもできたのではないか」

傍から十四郎が聞いた。

「いいえ。五助は女ではないと言うのです」

五助というのは、政右衛門が店を構えた当時からいた下働きの男で、政右衛門が隠居したのと同時に根岸に移り、政右衛門の身の回りの世話をしている初老の男のことだという。

「じゃあ、賭け事は」

「親父は賭け事は大っきらいな人でした。あんなことをする者は、人の屑だとか言いまして、富くじ一枚買ったことがございません。富くじだって外ればお金をどぶに捨てたと同じだと申しまして……」

初太郎は、白い歯をむき出して苦笑した。

「ただ……」

そこで、初太郎は顔を曇らせた。

「ただ……なんだい？　なんでも言ってくれなければ、こっちが困るし、解決にはならぬぞ」

十四郎が水を向けると、

「はい……実は、近頃よく出かけていくようでございまして、特に一のつく日の、一日、十一日、二十一日には、昼過ぎから必ず出かけていきまして、夕刻には帰ってくるそうなのですが、帰ってくるとぐったりとして、翌日は寝込むこともあるようなのです」

「いったい何処に行っているのでしょう……まあ、それが分かれば、初太郎さんも心配しなくてもすむのでしょうが……」

「はい。一度、五助が尾けようとしたらしいのです。すると親父に見つかりまして、凄い剣幕で怒られたようでして」

「そう……まずはそこからですね、調べなくては……」

お登勢は、十四郎に頷いた。


鬼政こと政右衛門が隠居所を構えている根岸の里は、人の噂にも『呉竹の根岸の里は、上野の山陰にして幽趣あるところなり。遊人多く隠棲す。花に鳴く鶯、水にすむ蛙の声も、その声ひとふしありと賞愛され、世にいう藤寺の円光寺は、庭に満々と水を巡らし、藤棚は二十七間、枝の長さは三、四尺、花色最も艶美なり』と言われているごとく、西に上野の高台を見て、流水に恵まれた閑静な別荘地であった。

根岸の里を貫く川は、山谷堀から隅田川に繋がっている。

交通の便も水路を使えば移動も早く、十四郎と藤七も、深川の三ツ屋の店から舟に乗って、隅田川から根岸に入った。

政右衛門の家は、根岸の里でも川筋から南に少し入った地にあったが、この辺り一帯は、川から縦横に小さな水路を引いていて、政右衛門の隠居所にも、枝折り戸の門前には清らかな水路が走っていた。

家の塀は柴垣になっていて、その高さは五尺あまりか。十四郎と藤七は塀の外から中の様子を窺った。

玄関先で初老の男が、草むしりをしているのが見えた。

初太郎の説明から、その男が五助と思われる。

橘屋のことは五助には話しておくから、日々のことは五助に尋ねてほしいと初太郎から言われていた。

「五助さんですか、橘屋です」

藤七が垣根越しに小さな声で呼びかけた。

「これはどうも……よろしくお願いします」

五助という男は小さな声で言い、家の中を気にしながら、垣根の際まで近づいてきた。

「ご隠居はいるのか」

十四郎が聞いた。

「はい」

五助は裏だというように、そっちの方に顔を向けた。

「うむ……」

十四郎と藤七は、そっと裏手に回った。

裏庭は自然のなすがままにしてあるようで、所々に穂を出し始めたすすきが茂っていて、いかにも根岸の里の隠居所という感じである。

政右衛門は、縁側に座って、何かを聞いている風だった。

骨太の色の黒い、そして目の鋭い男だった。

初太郎とは似ても似つかぬ顔立ちである。

だがその顔には、生気がなかった。

どことなく枯れた感じがして、この地に来て風月を楽しんでいるようには見えなかった。

カナカナカナカナ……。

ひぐらしの声が聞こえてきた。

ひぐらしの声は、庭の草木にも、茅葺(かやぶ)きの隠居所にも、染み渡る。

府内ではひぐらしが鳴くのは半月も後だと思えるのに、陽もまだ高いこの刻限に根岸ではもうひぐらしが鳴いているのかと、十四郎は突然別世界に佇んでいるような錯覚を覚えていた。

政右衛門も、しばらくじっと耳を傾けている風だったが、突然思い出したように立ち上がって、五助を呼んだ。

「出かける。舟を頼む」

五助は「はい」と返事をして、すぐに外に駆け出した。

周りは百姓地である。

取れた野菜を町まで運ぶ舟はあちらこちらの堀岸に繋いでいて、五助はそれを頼みにいったようだった。

まもなく政右衛門は、うろうろ舟と呼ばれる百姓の舟に乗って山谷堀に出て隅田川を下り、柳橋の船着き場で下りた。

後を尾けた十四郎たちも柳橋で下りる。

政右衛門は舟をすぐに返したから、帰りは徒歩か町駕籠を使うつもりらしい。

店が気になって馬喰町に向かうのかと思っていたら、そうではなくて、亀井町の裏店に入った。

長屋を抜けている路地をうろうろしばらく歩いていたが、決心をしたように一軒の戸を遠慮がちにほとほとと叩いた。

中から中年の女が顔を出したが、訪ねてきた客が政右衛門と知って、恐ろしい顔で睨み据えると、障子戸が敷居から外れるほど強い力で、ぴしゃりと戸を閉めた。

「帰っとくれ。もう借金は払った筈だよ」

中から怒鳴る声がした。

政右衛門は、障子を見詰めて突っ立っている。

「あんたのお陰で、娘は女郎宿さ。鬼！　見たくもないよ、あんたの顔なんて」

女は容赦のない言葉を浴びせた。

「帰れ、帰っとくれ」

女の怒気(どき)を帯びた言葉は続く。

政右衛門は、ようやく諦めたようで、肩を落として引き返してきた。

「何をしているのでしょうか」

藤七は訝(いぶか)しい目で十四郎に言った。

「ふむ……」

二人はまた、政右衛門の後を追う。

政右衛門が次に行ったのは、松枝町（まつえちょう）の縄暖簾の店だった。

陽は西に傾き始めていて、政右衛門は長い影を引き連れて、店の前に立った。

中に入るのかと思ったが、そうではなくて、中の様子を窺っているようだった。

「いらっしゃ……」

人の気配に出てきた女将が、これまた政右衛門の顔を見ると、

「ここは、あんたの来るところじゃないね。帰っとくれ」

すぐに店の中に引き返した。

政右衛門が諦め顔で引き返すと、女将は塩壺を持って走り出てきて、

「ええい、おとといきやがれ」

と思いっきり、政右衛門の去った方角に、塩を撒（ま）いた。

「藤七、鬼政を頼むぞ」

十四郎は、政右衛門の尾行を藤七に任せて、自分は縄暖簾の店に入った。

店の中には客の姿はまだ二、三人というところで、十四郎は店の隅っこの飯台（はんだい）に腰を据え、酒と肴を注文すると、女将に聞いてみた。

「先ほど塩を撒いていたようだが、あの男との間によほどのことがあったらしい

な」

「鬼ですよ、あの爺さんは」

女将は容赦のない表現で政右衛門を切り捨てた。

「ふむ。どこが鬼なのだ」

「知らないのですか、旦那。あの爺さんが鬼政と言われている人ですよ。強突張(ごうつくば)りの金貸しですよ」

「しかし見たところ、そんな風には見えなかったが」

「隠居して少し毒気が抜けた感じですがね。うちの亭主は、あの人に殺されたようなものなんですよ」

と物騒(ぶっそう)なことを言う。

「ほう……それはいかんな」

十四郎は興味津々に相槌を打つ。

「旦那、聞いてくれますか」

女将は差し向かいに座ると、十四郎に酌をしながら、亭主が死に至った顚末(てんまつ)を悔しそうに話したのである。

五年前の三月のことだった。

隣の小泉町で火を出して、女将の店も半焼してしまった時のこと――。

再建して店を開くには金が足りず、女将の亭主は甲州屋から開店資金の五両を借りた。

返済は一年ほどで済ませるつもりでいたのだが、その年の台風でまたもや店は打撃を受けた。

突貫工事で建てた店は、屋根の落ち着きが悪かったのか、一部が風にふっとんで壊れてしまったのである。

女将の亭主は、甲州屋に返済の延期を頼んだ。

そうでもしないと、返済が一日でも滞ったら、甲州屋は店の道具を無理やり取り上げるのは目に見えていたからである。

鬼政とはいえ、店が一年のうちに二度も災難に遭ったことは承知している筈である。

そう思って返済の延期を頼んだのだが、鬼政は取り合わなかった。

店に自らやってきて、女将の亭主に言ったのである。

「そんなことで、いちいち日延べをしていたら、私の商売は成り立ちません。貸したものは貸したもの。期限にきっちりと納めていただけないというのなら、その日のうちに、この店の物は頂きに参ります」

女将の亭主は、顔を青くして詰め寄った。

「あっしに泥棒でもしろということでございやすか」

すると、鬼政は冷笑を浮かべて言った。

「そういうことです。どんなことをしても金をつくって返済する。それが借りた者の務めですよ」

鬼政は、よろしいですね、と念を押すと、

「じゃあまた明日来ますから、明日は用意をしておいて下さいよ」

情のかけらもない言葉を残して帰っていったのである。

女将はそこまで話すと、少しは気が落ち着いてきたとみえ、溜め息を漏らして、

「うちの亭主は馬鹿正直な人でしたから、その晩、本当にどこかで泥棒でもできないものかと彷徨ったんですよ。あたしは憂さ晴らしにでも出ていったのかなと思っていたんですが、夜半になって帰ってきましてね、俺には泥棒はできねえって……そう言ったんです。泣いておりましたよ。あたしはいざとなったら夜逃げでもすればいいんだからと慰めて寝かしつけたのですが、朝起きたら、亭主は柳原土手の木で首を括って死んでおりました。屋根の修理は亭主の香典で致し

ました。俺の葬式はいい、香典貰ったら、それで屋根を直せ、それが俺の遺言だと走り書きして、あの人死んだんですよ」

女将は、ぽろりと涙をこぼした。

だがすぐに、洟を啜ると、

「鬼政に借りた金も、その後一年で返しましたよ。あの時、あの男が、少し待ってやると言ってくれてれば、亭主は死ななくて済んだんです。そりゃあ、金を借りた者がよくないに決まってますけど、この世は人の世の中です。あんなに非情な人は知りません。今更何の用があって店の中を覗こうとしていたのか知りませんが、あんな男に店に入られたら縁起が悪いんです。亭主に顔向けできません」

女将は、最後は悲しそうな顔をしてみせた。

二

政右衛門が思い出したように、根岸の隠居所を出て、昔金を貸した客の様子を窺いに行くのは、それからもたびたび続いたが、十一日の外出は、それまでのものとは様子が違った。

朝から早々に身仕度をして、昼食を摂るとすぐに、迎えに来た猪牙舟に乗った。舟の腹には、山谷堀船宿『藤川（ふじかわ）』とあるから、あらかじめ予約していたようである。

例のごとく舟は隅田川に出て、さらに川を渡ってむこう岸の向島（むこうじま）の船着き場で停泊し、政右衛門はそこで下りた。

船頭が陸（おか）にあがったのを見て、その船頭に引き返すのかと尋ねたところ、今の旦那を待つことになっているので、客はとれないのだと断られた。

いよいよ初太郎が案じていたところにこれから向かうのに違いないと、気づかれぬように藤七と後を尾けると、政右衛門は桜餅（さくらもち）で有名な長命寺（ちょうめいじ）から半町（ちょう）ほど東にある、荒れ寺に入った。

寺はよほど昔に建てられたものか、屋根は寄棟（よせむね）造の藁葺（わらぶ）きであった。入り口は板屋根の木戸門になっているが、塀は生け垣で、それがいつ手入れしたのか分からないほど枝が縦横に伸びていて、外からは中を窺うのは難しかった。

十四郎は、木戸門を押した。

中に入ろうとして立ち竦（すく）む。

木戸の内に見張りがいた。見張りは浪人二人、見慣れぬ侵入者に怖い顔をして言った。

「誰だ。割札(わりふだ)を見せろ」

――そうか。中に入る者には札を持たせていたのか。

十四郎は咄嗟に頭を巡らして、

「いや、道に迷ったのだが、今ここに人が入っていったのでな」

「札のない者は入れぬ。もう少し西に行けば長命寺がある。その辺りで聞けばいい」

浪人は、なんでこんなところに入り込んで道を尋ねるのだというような、憮然とした顔をしてみせた。

十四郎はそれで下がった。

藤七と二人、木戸門が見える向かい側の草地に入った。

草地といっても、丈が伸び切った茅(かや)の原だが、低木も茂っていて、そこに潜むと容易に人の目に触れることはない。

「十四郎様、お昼はまだでございましたね」

藤七は腰につけていた弁当を出した。

お登勢が握ってくれた握り飯が、竹の皮に入っていた。

竹筒に入れてきたお茶を飲みながら、二人は握り飯を頬張った。

よりにもよって、大の男二人が茅の原に潜んで握り飯を食べている姿など、あまり恰好のよいものではないが、ふと子供の頃に藩邸内の友人と上野の山に弁当を持って遊びに行ったことを思い出した。

寺の中で騒動が起こったのは、西の空が茜色に染まり、その茜色が陽が落ちるに従って、黒雲に覆われようとしていた頃だった。

「曲者だ。捕まえろ」

寺の中から怒声が聞こえたと思ったら、頬被りをした町人が走り出てきて、十四郎たちが潜んでいた草むらに飛び込んできた。

「どこに消えた……」

追っかけてきた浪人二人が、寺の前を抜けている小道の左右に目を凝らし、いないと分かると、ちらっとこちらの草地にも視線を走らせてきた。

町人は地面に顔をくっつけるようにして、浪人たちの気配を窺っているのだが、尻は十四郎たちの方に向けていて、その不様な姿に、十四郎と藤七は見合って思わず苦笑した。

「おい。もういいだろう」

一人の浪人が、もう一人の浪人を促して、二人はまた木戸の中に消えた。

町人はほっとして顔を上げた。

だがその時、十四郎が町人の肩を摑んでいた。

「ひえっ」

町人は驚いて振り返った。

「おまえは、盗人だな……」

「お許し下さいまし。あっしを役人に渡すのだけはご勘弁を」

「分かった。そのかわり、尋ねたいことがある。一緒に来てもらおうか」

十四郎は町人の手首をぐいと締め上げた。


「名は勝蔵、相違ないか」

十四郎は、膝を揃えて震えている男に言った。

「へい。相違ございません」

勝蔵と名乗った男は神妙に答えると、不安な表情でお登勢を見た。

「勝蔵さん。ここは普通の宿ではありませんよ。御公儀の息のかかった御用宿です。あなたが嘘をついたり、いい加減なことを言ったりすれば、すぐに私たちはお奉行所にあなたを引き渡します。その覚悟を持って答えなさい」

お登勢は厳しい顔でまず脅した。

勝蔵はますます恐れ入った顔をして、

「どうぞ、なんでもお聞き下さいやし」

「おまえは、あの寺の天井裏に忍び込んだのは初めてではないと言ったな」

「へい。もう半年近くも一のつく日には天井裏に隠れておりやした。いやね、そもそもあの寺は、あっしの住家だったのでございますよ。ところがある日、仕事から帰りやしたら、変な坊主と浪人たちが入りこんでおりやして、それで天井裏に上がったのですが、坊主も浪人もあの寺にやってくるのは、客を迎える前日と当日の二日だけですから、坊主たちがいない日は、あっしの住家にしておりやす」

「ふむ。しかし危険を冒しても住み続け、坊主たちがやってくる日も天井裏にいるというのは、何か訳があってのことだろう」

「もちろん、金儲けになると思ったからです、へい」

「よし、そこのところを話してもらおう。あの寺に、どんな人間が集まっているのか。何をしているのか」

「集まっているのは裕福な人たちですが、変な坊主に悪霊祓いをしてもらっているようです」

「悪霊祓い……」

「へい。悪霊が取り憑いているから商売がうまくいかないのだとか、死んでも地獄に堕ちるとか坊主に言われてお客はやってくるようでして……不思議なのは、あの坊主に会ったら、皆催眠術にかかったような按配になりまして」

「何、催眠術だと」

「へい。なんでも、飛騨山中の神水で煎じたものだという薬湯をお客に飲ませるのですが、するとお客は夢うつつの状態になりやして、祈禱料十両とか二十両とかを、言われるままに出すんです。もっともその代わりに、御札とか掌に載るような観音像を渡しまして、家族の者にも目の触れないところでお勤めをするように厳しく言うんです。悪霊がきれいさっぱり祓われた暁には人に知れてもいいが、まだ祈禱中に人の目に触れでもしたら、もっと恐ろしい祟りがあるなどと言いやして、寺の中のことは誰にも話しちゃあならねえって念を押すんです。お客が出す金を天井裏から見てますと、涎が出るような金額でして……」

「ちょっと待って下さい。そのお坊さんですが、名はなんといいましたか。法雲という名ではありませんか」

「そ、そうです。へい」

「知っているのか」

「はい。半年ほど前でした。一般のお客様としてこの宿に泊まったことがあります」

「何、ここにか」

「はい」

「お登勢様、あの坊さんのことですね」

藤七も思い出したのか、記憶を手繰(たぐ)り寄せて相槌を打った。

お登勢の説明によれば、それは梅花の香る季節だった。

くたびれた修行服に額には兜巾(ときん)を当て、首から結袈裟(ゆいげさ)をかけた三十半ばの僧が一人、一夜の宿を乞い、橘屋の玄関に立った。

お登勢はその時、その僧の持つ雰囲気から、厳しい修行をしているようには見えなかった。

確かに皮膚は日に焼けて赤黒く光っていたが、修行僧特有の、澄んだ瞳の奥に見える人の心を見抜くような、そんな光が皆無だったからである。男は濁った目で、ねっとりと見詰めてきた。世俗の垢にまみれた薄汚れた感じがした。

お登勢は部屋は満室だと一旦は断った。

だが僧は、寺再建の喜捨の旅だなどと言い、どんな部屋でも結構だと乞い、それでお登勢は仕方なく、僧を予備の部屋に入れた。

橘屋は縁切り寺の御用宿、いつでも駆け込み人を囲えるように一部屋は予備で空けてある。

通常のお客なら断るところだが、坊さんでしかも事情が事情である。最後まで断る訳にはいかなかった。

その僧が、部屋の宿帳に記した名前が法雲だったのである。

法雲は、お登勢の前では手にある数珠をことさらにじゃらじゃら鳴らしてそれらしく振る舞ってはいたが、宿の中を用もないのにうろうろと歩きまわったりして、どことなく不自然な感じをお登勢は抱いていた。

「なんだか薄気味悪いお坊さんですね」

仲居頭のおたかなどは、露骨に嫌な顔をした。

常から若い仲居や女中に接客の指導をしていて、滅多にそのような物言いをする人間ではない。

そのおたかが不快な顔を露にするぐらいだから、お登勢自身も憎を受け入れたその時から、嫌な予感がしていたのである。

お登勢や仲居頭のおたかの勘が確かだと分かったのは、翌朝のことだった。

「昨夜はお疲れの旅だと存じましたので、お断りしてはご不便かとお泊め致しましたが、恐れ入りますが、本日はどちらかでお泊まり下さいませ。もうお察しかと存じますが、こちらは御用宿、こちらのお部屋は駆け込んでくる人たちのために空けておかなければなりません」

お登勢は、やんわりと断りを入れた。

すると法雲は、

「いやいやごもっとも、女将にご迷惑はかけられぬ。朝餉を頂いたら退散いたしますぞ。ただ、女将、一つだけ申しておきたいことがある」

法雲は突然、恐ろしいものを見るような顔をつくった。

「女将……女将の背後には悪霊が見えますぞ」

「悪霊……」

「さよう。何か心当たりがあるのではないかな」

「いいえ、心当たりはございませんが」

「そう申されましても、亡くなった夫は私に最後まで感謝して逝きましたし、悪霊などと言われましても思い当たるものなどございません」

　何を言い出すのかと、少々むっとして答えると、法雲は皮肉な笑みをちらりと浮かべて、

「そんなことはあるまい。ここは夫婦の別れを請け負っているところだと聞いた。駆け込んできたものの、思うにまかせなかった者、首尾よく手切れになったものの、その結果、もっと悲惨な運命に陥った者、そのような者たちの怨念がうごめいている。女将には見えぬようだが拙僧には見える。昨晩も、拙僧がこの宿のすみずみまで見て回ったところによると、宿にしてはたいへん立派な、洲崎の料理屋のような造りながら、廊下の角や部屋の隅で、怨嗟の声を上げながら悪霊どもが泣いておった、怒っておった。いつか女将に取り憑いてやろうと隙を窺っておりましたぞ。ひょっとしてもう、こちらの宿に泊まったお客に憑いたかもしれぬと案じているのだが……」

　法雲は恐ろしいことを口走った。

「そんな筈はない」

　そうしてじーっと見詰めてきた。人の魂を吸い取りそうな目を法雲はしていた

のである。

お登勢もさすがにぞくりとした。

――たしかに一理ある。

と一瞬思ったからだ。

しかし、私はよかれと信じてやっている。私に与えられた天命だと思ってやっている。それが人の道だと信じている。

――その私に怨嗟……？

お登勢の胸に迷いが生じた時、すかさず法雲が言った。

「案ずることはない。拙僧が祈禱をすれば、悪霊はたちどころに消えますぞ。いかがですかな。よろしければ除霊をしてしんぜるが……」

またもや、じいっと見詰めてくる。

――どう返事をすればいい……心当たりはないが、心の平安を得るために祈禱を頼むほうがいいのだろうか。

心を決め兼ねていたその時、

「お登勢様」

すらりと廊下の障子が開いて、藤七が部屋に入ってきた。

「ただいま奉行所のお役人様が参られました。奥の座敷でお待ちいただいております。急いでおりますのでお願いします」

助け船を出してくれた。

すると法雲、顔色を一変させて笑みを浮かべ、

「いや、その気になられたら、いつでも……拙僧への連絡は、両国橋西詰に稲荷がござるが、そこの絵馬掛けにこの絵馬を掛けてくれればそれでよろしい。名を書かれてな。さすれば、こちらからどこに来ていただくかお知らせ致しますぞ」

法雲は一枚の絵馬を出した。

それは、四角い縁を爪の幅ほど赤く塗り上げた絵馬だった。

「気味が悪かった記憶があります。日が経つにつれ忘れておりましたが、いま話を聞いて、あの時の僧だと……」

お登勢は言った。

「怪しげな話だな。旅の僧だと申して宿泊しておるのに、両国稲荷に絵馬を掛けろなどと、それではとうに江戸にいたことになるではないか」

十四郎は呆れ顔で言った。しかしこのお登勢をその気にさせるとは、騙りにしては上出来だと苦笑した。

「勝蔵、それはそうと、今日あの寺に入った中に、政右衛門という爺さんがいた筈だが、すると、あの爺さんも祈禱を受けているのか」

「へい。奴らの話によれば、鬼政には恨みがある。がっぽりせしめてやらねばなどと言っておりました」

「何、鬼政と言ったのだな。それも恨みがあると……」

「へい」

「ふーむ」

十四郎は腕を組んだ。

政右衛門が、世間で鬼政と呼ばれていたのは三年前までのこと、今は隠居暮らしである。

法雲は、その頃から政右衛門に恨みをもっていて祈禱の話を持ちかけたのだ。

政右衛門は最初から狙われていたに違いない。それをどうやって、政右衛門に知らせるか。

十四郎がお登勢に思案の目を向けた時、お登勢が言った。

「あの絵馬を両国稲荷に掛けてみます」

「お登勢殿、危ない真似はよせ」

「いいえ、政右衛門さんを説得するには、相手の悪を突きつけなければ納得しないと思います。早く目を覚ましていただかないと、身代を持っていかれます。私がやります」

お登勢は、きっぱりと言った。

三

「女将……いや、お登勢殿と申されましたな。ささ、こちらへ」

法雲は白絹(しろきぬ)の小袖の上に豪華な色彩の直綴(じきとつ)を纏(まと)い、錦(にしき)の五条をかけた姿で、お登勢を引き回した屏風の中に誘い入れた。

いかにも金のかかった出立ちで、額にはてかてかと脂がにじみ出ているような艶があり、右小鼻にある黒子(ほくろ)も黒々と見えた。

部屋の真ん中には、唐銅風炉(からどうふうろ)の上に釜がかかっていて、そこからかすかに湯気が立っていた。

湯気は風炉の余熱によるものだと知れるほどのものだった。

おそらく、お登勢がここに来る前から、薬湯が煎じられていたらしかった。

「よろしくお願い致します」

お登勢は手をついて、神妙な顔を上げた。

「案ずることはございませんぞ。私の祈禱で既にもう、何人もの人たちが救われておる」

法雲は、あのねっとりとした目でお登勢を見詰める。

お登勢は神妙に頷いてみせた。

盗人の勝蔵の話から、政右衛門に金を出させているのが法雲と知ったお登勢は、あれからすぐに、赤く縁取った絵馬に『橘屋お登勢。急ぎ乞う』と書き、両国稲荷の絵馬掛けにそれを吊るした。

返事は翌日すぐに来た。

遊び人のような男が、法雲の文を持ってきたのである。

その文には、当日午後、向島の無住寺に来るようにと記してあった。

それでお登勢は早速やってきたのだが、門を敲(たた)くと文を運んできた男が顔を出し、お登勢を寺の中に案内した。

一のつく日でないためか、お登勢の他には客は誰もいなかった。

お登勢は、すぐに法雲の祈禱部屋に通されたのである。

だがお登勢は、部屋に足を踏み入れた途端に薬湯の匂いが満ちているのを知った。

今までに一度も嗅いだことのない匂いだった。

法雲は、難しい顔をしてお登勢を迎えると自分の前に座らせて、恐ろしい顔で呪文を唱えた。

「えい……えい」

数珠を振り回して空中に印(いん)を結んだ後、お登勢に言った。

「今から悪霊の除霊を行うが、その前に、飛驒の山中から運ばせた水で煮出した特製の薬湯を飲んでいただく。薬湯を飲みますと、お登勢殿の体に取り憑いている悪霊が、吐く息と一緒に外に出てきますぞ……薬湯を飲んだ後、苦しくなったり、朦朧(もうろう)としたりする場合があるが、それは悪霊が体の中で外に出るのを拒み、抵抗して暴れるからで案ずるには及ばぬ。強い悪霊に取り憑かれている人ほど苦しみも大きい。しかし、その苦しみが去った後には、必ず恐れや、苦しみや悲しみなど、すべてが取り除かれているのじゃ。気分はすこぶるよろしくなる。よろしいかな。拙僧が祈りつづけている間に、薬湯を一気に、全部飲みなされ」

法雲は、今度は釜に向かって呪文を唱えると、ゆっくりした動作で釜の薬湯を茶碗に入れ、お登勢の膝前に置いた。

お登勢は静かに茶碗を取った。

「お登勢殿。怪しげな薬湯は、絶対飲むな」

十四郎の声が聞こえてきた。

お登勢が縁切りの話ではない余計なことに関わって、体を張って調べをすると知った金五は、十四郎を厳しく責めた。

「お登勢に何かあったらどうするのだ。お登勢もお登勢だが、それをおまえが止められなくてどうするのだ」

「すまぬ……」

怒る金五も金五なら、それを受け止める十四郎も、お登勢を気遣っているのは間違いなかった。

一度言い出したら聞かないお登勢と知っていて、二人はそれぞれの立場で、お登勢の身を案じているのだった。

お登勢は言った。

政右衛門は知らぬ仲じゃない。その身に危険が及んでいるのに、放ってはおけないのです。ここは私が危険を冒してでも、早急に解決しなければと強く思うのです。今回だけはどうか行かせて下さいませ、と訴えた。

「誰の責任でもありません。どんな目に遭おうと私の責任です。でも、近藤様、私がおめおめと、相手の術中に嵌(は)まるとお思いですか」

お登勢は胸を張ってみせたのであった。

――十四郎様がおっしゃった通り、ここは、この得体のしれない薬湯を飲むことだけは避けなければならぬ。

いざという時には、寺の表で張り込んでいる十四郎と藤七を呼ぶこともできる。だが、薬を飲めば、その力さえも削(そ)がれるかもしれない。

お登勢は、祈禱を上げている法雲を横目に捉えながら、その隙を見て袖で口元を隠すようにして薬湯を呷(あお)ってみせた。

薬湯は口の中ではなく、お登勢の胸元に落ちていった。

お登勢は胸の乳房の間に、手ぬぐいを差し入れてきた。その手ぬぐいに、薬湯をたっぷりと染み込ませたのである。

そうしてお登勢は、左の袖で胸を隠したまま、少しずつ朦朧としていく様子を演じてみせた。

すると、それまで恐ろしげな声を上げていた法雲の祈禱が止んだ。

「女将……」

法雲が近づいてきて、お登勢の右手を静かに握った。

ねっとりと脂の乗った厚い掌が、お登勢の手を包む。

「法雲様、お助け下さいませ……ああ……恐ろしい、恐ろしいことが……苦しい、誰か、誰か……」

お登勢は、狂ったように叫びながら、部屋を飛び出した。

法雲が、ぎょっとして追っかけてきた。

「待ちなさい。女将……」

寺の玄関口に走り出ると、先ほどの男がお登勢の前に立ち塞がったが、お登勢は力任せに体当たりすると、門扉に向かって猛然と走った。

「待て」

男が後ろに迫り、捕まりそうになったその時、門扉が開いて、十四郎が入ってきた。

十四郎は有無を言わせず、男の鳩尾に一撃を送った。

男が崩れ落ちるのを横目に、お登勢は十四郎にぐいと手を引かれて、寺の門を走り出た。

力強くて熱い手が、お登勢の手をしっかりと掴んでいた。

外は既に夕闇が忍び寄り、人の影の絶えた道を、二人は藤七が猪牙舟を待機させている隅田川縁に向かった。

寺の姿が薄闇の中に消えた時、十四郎は急がせていた足を止めてお登勢に言った。

「無事でよかった……」

「十四郎様」

お登勢は、今なら十四郎の胸に抵抗なく飛び込めると、ふと思った。

たったいま危険を冒して危機一髪逃れてきたばかりなのに、恐ろしかったそのことよりも、甘美な思いに囚われている自分の心が不思議な気がした。

お登勢は、切ない思いで顔を上げた。

すぐ間近で、十四郎の熱い視線がお登勢を見詰める。

「十四郎様……」

お登勢はよろりと、十四郎の胸に寄りかかった。

「お登勢殿」

十四郎の厚い胸がお登勢を抱きとめた。

呼吸にして三つか四つの間だったが、お登勢は十四郎の胸に抱かれて、十四郎の鼓動を聞いた。

自身の鼓動もそれに呼応し、二人の血の流れが一つになったと思った時、

「さあ、藤七が待っておる」

十四郎が囁くように促した。


二人は、とっぷりと日が暮れる頃には、藤七の漕ぐ舟に乗って隅田川を下り、一ツ目之橋を潜って竪川に入り、さらに六間堀を下って北森下町の弥勒寺橋で舟から下りた。

藤七を宿に返し、橋袂で開業している医師柳庵の診療所に入った。

法雲から勧められた薬湯の正体を、柳庵に探ってもらおうと思ったのである。

お登勢は調剤室に入って、そっと胸元に挟んであった手ぬぐいを取り出した。

「これが例の薬湯ですか……」

柳庵は小指を立てて手ぬぐいを取り上げると、

「福助」

小者の福助を呼び、

「薬皿をこちらに」

言いつけると、手ぬぐいの匂いを嗅いで、

「なるほどね……」

福助が持ってきた薬皿に、白い手に力を込めて、布に含んでいる薬湯を搾り出した。

「福助、金魚」

奥に向かって呼ぶと、

「はい、ただいま」

福助もなよとした声を返してくる。

――この診療所はどうなっているのだ、まったく……。

十四郎は苦笑して、お登勢と顔を見合わせた。

柳庵は立ち居振舞いや言葉が女のようだが、実は名医である。

父親は千代田城の表医師からこの春、奥医師に取り立てられている。

柳庵も父に似て、いや、奥医師の息子という看板だけでなく、実際その診立てに間違いのあることは、まずない。

今までにも何度も十四郎たちは柳庵の力を借りて、事件を解決してきているのである。

ただ柳庵は、変わり者だった。

父と同じ屋根の下に住まうのは窮屈などと言って、跡取り息子でありながら、先年この弥勒寺橋の袂に診療所を開業した。

柳庵の夢は、いつか一度でもいい、歌舞伎の女形で舞台に立ってみたいということらしい。

つまりは、突拍子もないことを考えている医者だった。

夢が女形というせいか、常になよなよしていて、腕のいい医者らしからぬ有様だが、あろうことか弟子入りした福助まで、その癖がうつったらしい。

「近頃は患者が多いですから、万寿院様のお脈を拝見した後に、橘屋に立ち寄ることも少なくなりました。お二人ともどうしているのかと考えていたところでした」

万寿院様とは縁切り寺慶光寺の主だが、前将軍家治の寵愛を受けた側室だった人である。

将軍が代替わりした時に、時の老中松平定信が、慶光寺の主に万寿院を据えたのである。

その松平も隠居し楽翁(らくおう)と号して久しく、今は築地(つきじ)の『浴恩園(よくおんえん)』にて余生を送っているが、時折、万寿院との交流もある。

先代が逝去(せいきょ)されてからもう随分と歳月も経っているが、万寿院はまだ五十前、その健康管理を柳庵がしているのであった。

柳庵はたわいもない日常をしゃべりながら、福助が持ってきた金魚鉢に、先ほど搾りとった液を垂らした。

金魚鉢はギヤマンである。

鉢の中が丸見えだった。

赤い金魚が二匹、鉢の中で元気に泳いでいたが、柳庵が垂らした液体が水に溶けて広がってまもなく、二匹の金魚は痙攣(けいれん)を起こしてあっという間に死んだのである。

十四郎はお登勢と見合わせて、顔を青くした。

「ごめんなさいね、金魚さん」

柳庵は、片手拝みで金魚に謝ると、

「十四郎様、この薬湯は、おそらく、麻沸湯(まふっとう)ではないかと」

緊張した目で見詰めてきた。

「麻沸湯……毒か」

「毒ですね」

「何」

「といっても、外科の医者が麻酔薬に使っているものなのですが、原料は毒草の曼陀羅華、俗に朝鮮朝顔と言われるものが主の麻酔薬です。他の薬種との配合を間違ったり、煎じる時の量を違えたりすると、命取りになります」

「そうか……法雲の奴め、とんでもない坊主だな」

「こんな結果が出るのではないかと、思っておりました」

柳庵はしたり顔で言い、頷いてみせた。

「何かご存じなのですね」

「まさか橘屋がかかわっていたとはね……実は、既に一人亡くなっているのです」

「何……誰だ」

「本石町の人形屋『久松屋』主で総兵衛という人です」

「確かに法雲の仕業か」

「それがよくは分からなかったのですが、これで確信しました」

柳庵は十四郎を見詰めて頷いた。

一月前の夜のこと、久松屋から主が急におかしくなったと呼び出しを受けた柳庵は、駕籠を走らせて久松屋に赴いたが、主は既に悶死していた。

布団は吐瀉物で汚れていて、柳庵が検死した限りでは、総兵衛は吐瀉物を喉に詰まらせて、亡くなったようだった。

「いつから具合が悪くなったのですか」

柳庵が女房のおてるに尋ねたところ、おてるは、具合が悪くなりだしたのは、二月ほど前からだという。

「二月ほど前から夫は、月に三度、家の者にも、店の者にも内緒でどこかに出かけるようになりました。その頃からです」

と言うのであった。

家人には誰にも、総兵衛は行き先を告げてはいなかったのである。

「今日もお昼前から出かけまして、夕刻になって帰ってまいりましたが、いつもの通り、体がだるいと言うものですから、早々に床をとって休ませたんです。そしたら、いきなりこうでございましょう。二月前までは、あんなに元気だった人が、なぜこんなことに」

女房のおてるは、ただただ驚いているばかりであった。

柳庵はおてるに、総兵衛はどこかの医者にかかり、薬をもらっていたのかと聞いてみたが、おてるは柳庵様の他には知らないと言う。

柳庵はこの時、吐瀉物の中に異常を感じ取っていた。

総兵衛は女房のおてるの知らないところで、なにがしかの薬を施されていることを、柳庵は確信していた。

その疑いが一層濃くなったのは、葬式が終わってまもなく、おてるから再び呼び出されて久松屋に出向いた時だった。

おてるは、客間の違い棚の地袋に夫が隠していたのだと言い、悪霊祓いの御札と観音像一体を出してきた。

そのことで、総兵衛が家人に黙って出かけていた理由は分かったのだが、おてるは悪霊などという話は、聞いたこともなかったし、自分の家には無縁の話だと言った。

それに、番頭は口止めされていたらしいが、夫は毎回大金を持ち出していたようだとも、おてるは言った。

柳庵は、すぐに奉行所に届け出るように、おてるに言い含め、自身も北町奉行所与力、松波孫一郎に届け出た。

「まあ、それが私が知っている全容です」

柳庵は、妖艶な目で十四郎に頷いた。

四

「政右衛門様……」

お登勢は、覗き込むようにして、臥せっている政右衛門に声をかけた。

十四郎とお登勢が、根岸の政右衛門を訪ねると、案じていた通り、政右衛門は臥せっていた。

五助の話によれば、一昨日、例の外出から帰ってくると、そのまま寝ついてしまったのだということだった。

本日は幾分気分も良くなったようだというので、庭に面した座敷に床をとっていた政右衛門を見舞ったのである。

政右衛門は驚いた顔をして、何故ここにお登勢が現れたのか理解できないようだった。

お登勢は、父親を案じて初太郎が橘屋を訪ねてきたことや、十四郎と藤七がしばらくの間、政右衛門を尾行していたこと、それに、あの無住寺に侵入し、法雲が差し出す薬湯が、どんな種類の物なのかを説明した。

政右衛門は、半信半疑の表情で、お登勢の話を聞き終わると、

「いっぱい食わされていると、そうおっしゃるのでございますね」

寂しそうな苦笑を漏らした。

「申し上げにくいのですが、そういうことです。このまま、あのお寺に通えば、きっと命を落とすようなことになるやもしれません」

「命を……」

「はい」

政右衛門は押し黙って天井を見た。

硬い表情だった。

こけた頬が政右衛門の苦悩を物語っていた。

「政右衛門様は、本石町の久松屋さんをご存じですか」

「……」

「ご主人の総兵衛さんが、突然お亡くなりになったようですが、どうやら総兵衛

さんもあのお寺に通っていたようなんです」

お登勢が久松屋総兵衛の話を出した途端、政右衛門の顔色が変わった。

青い顔が一層青くなった。

「まさかと思われるでしょうが、私が懇意にしておりますお医者様が検死したところでは、そういうことです」

お登勢はその総兵衛が、家族に内緒で地袋戸棚に、御札や観音像を隠し持っていたことを告げた。

それに、奉行所もきっと放ってはおかないだろうとつけ加えた。

「あなた様のような、用心深い方が、このような目に遭うなんて……」

お登勢は、言うともなしに呟いた。

すると、感情を押し殺していた頬に色が差し、政右衛門はしきりに瞬きをして、込み上げるものを噛み殺していたが、ようやくそれを押しとどめると、

「お登勢さん。お登勢さんなら分かっていただけると存じますが、原因は女房ですよ」

寂しげに笑った。

「おかみさん、ですか……」

「お恥ずかしい話ですが、死んだ女房が忘れられなくて……苦労ばかりかけてきましたからね。日毎に申し訳なかったという思いが募るばかりで……ここに住まいをするようになっても、そのことばかり考えておりました。あれが元気だったら、ここに一緒に来る筈だったと……鬼政と陰口を叩かれた私が、気がつくと一人ぼっちで、隠居生活を楽しむなど、とてもそんな心境にはなかったのです」

「……」

「あれが生きておりました頃は、よく喧嘩もしました。女房を頭ごなしに叱りつけて……女を囲った時も、どこが悪いんだと女房の不満を無理やり押し込めて、それで私は平気だったんですよ」

「……」

「この寂しさは、過去のツケが回ってきたものだと、そんな思いになった時……そうです、今年の春のことでした。法雲さんがこの庵に宿を求めて参ったのです。昔なら追い返すところですが、泊めてやりました。そしたら、法雲さんに私の心をぴたりと当てられまして……その時、法雲さんに言われたのです。近々祈禱寺を開くつもりだと、もしもよろしければ、亡くなったおかみさんに会わせてあげますと……」

半信半疑で聞いていたが、思い立って法雲を訪ねたのがことの始まりだと、政右衛門は苦笑した。

——女房に会うことができたなら、ひと言詫びたい。

その思いが、政右衛門を駆り立てた。

ところが、祈禱してもらうと、女房の霊は悪霊に邪魔されて現れることができないのだと言う。

法雲が言うのには、こんなことを言うのは失礼ではございますが、あなたはこれまでに沢山の人を泣かせてきている。あなたを恨んで死んでいった者たちがあの世で女房殿を困らせている。悪霊どもを鎮（しず）めるには、祈禱を繰り返す他、術（すべ）はないのだと……。

「政右衛門、それが奴の手口なのだ」

十四郎が口を挟む。

「いえいえ、私は特別ですから……言われてみると、思い当たることは山ほどございました。一代で店を大きくしてきたのです。金貸しは人に情けをかけていたら商いにはなりません。息子の初太郎などは、低利で貸して、払えないと言われれば、辛抱強く待ってやっているようですが、それは揺るぎない身代が既にあるからできることです。私の時代にそれをやっていたら、今の甲州屋はございませんよ。しかし、そうは思いますものの、確かに酷いことをしてきましたから、祈禱をしていただくことで罪が軽くなればと思ったのです」

政右衛門は苦笑した。

実際、祈禱をしてもらうと、このように体が憔悴して二日ほどは床の中だが、罪は少しずつ軽くなっていくようだし、悪霊が退散すれば、女房の霊に会えるという切実なものがあったのだと、政右衛門は言うのであった。

「政右衛門様、あなた様は、酷いことばかりしてきた訳ではないでしょう。このお登勢が一番よく知っております。お梶さんを救ってあげたではありませんか」

「お登勢さん、お梶さんは私の女房の若い頃にそっくりだったのでございますよ」

「まあ……」

「お梶さんの話を耳にしたのは、女房が死んで半年も経った頃でした。寂しさがじわりじわりと身に染みて参りました頃でございまして、私はお梶さん一人を救うことで、女房に供養ができたと思ったんでしょうな」

政右衛門の口から出てくる言葉の一つ一つが、これが鬼政かと思えるような言葉だった。

「それでおまえは、昔金を貸した者のうち、特に自分を恨んでいるのではないかと思われる家を覗きに行ったのか」

「はい……」

「政右衛門様。お気持ちは分からない訳ではございませんが、もう十分じゃございませんか。あの世のおかみさんも、きっとそうおっしゃると思いますよ。ですから、二度と誘いに乗ってはいけません。命を落とすようなことがあっては、なんにもならないですから」

「おっしゃる通りかもしれませんな……」

政右衛門は首を回して、庭のすすきの穂に目をやった。

不安な表情で、まだ逡巡しているように見えた。

「政右衛門、一つ聞きたいことがあるのだが、おまえは昔、法雲に恨みを買うようなことをしたのではないかな」

「いいえ、記憶にございません」

政右衛門は、とんでもないというように、首を振った。

「そうか、記憶にないのか……」

十四郎は呟いて、ふっと部屋の隅に控えていた五助を見た。

五助は急に顔を向けられて苦笑を返してきたのだが、何か考えを巡らしているような、そんな感じがしたのである。


甲州屋の初太郎が五助を従えて、再び橘屋にやってきたのは翌日のことだった。

「実は五助が申しますのには、法雲という男、小鼻に黒子があるそうですが、その黒子というのがあまりにも立派な黒子のようで、あのような黒子をあの場所に持っている者はそうはいない筈だと申しまして、何か思い出したようでございますので、それでお伺いした次第でございます」

初太郎はそう言うと、五助に持たせてきた風呂敷包みを解いた。

中には手垢のついた帳面が一冊入っていた。

「これは、質草(しちぐさ)の控え帳でございますが、もう十年も前のものでございます」

初太郎は言いながらそれを取り出すと、ぱらぱらと捲(めく)って、あるところを開き、十四郎とお登勢の前に置いた。

「これをまず、見ていただきたいのでございます」

「拝見します」

お登勢は帳面を引き寄せると一目し、十四郎の膝前に滑らせてきた。

そこには、打刀一振りの絵と、持参した者として富沢町源治店、大野又兵衛とあり、刀の説明書きには平常指とあり、頭、目貫、反りなど細かく記してあって、最後に金三両という金額が記してあった。

「ご覧の通り、十年前の二月、大野様というお方が刀を質に入れ、親父は三両お貸ししたようですが、返済ならずに流れております。この大野様にまつわる話に、法雲という坊さんのような黒子の持ち主がいたようでございまして」

「本当ですか」

お登勢は驚いて聞いた。

「はい。私はまだ子供で、当時の商いについては何も知りません。ですが五助は、父の傍で何かと雑用をしておりましたので……五助、話してみなさい」

初太郎は、五助を促した。

五助は、憂いに沈んだ顔を上げると、

「そちらの帳面にありますように、十年前、大野様とおっしゃる二十四、五のご浪人が、お内儀が病のためにお金が欲しいとおっしゃって、金三両を借りられました。ところが一文の返済もしないうちに、三月目にまたお店に参られまして、返済する金は一文もないのだが、仕官の話があって刀が要る。一日でいいから請け出させてくれないかとおっしゃったのです。今でも記憶に残っているのですが……」

その姿は、以前に見た時よりも一層頬がこけ、皮膚は乾き、目だけがぎょろりと光る異様な雰囲気だった。

むろん、着ている物も垢で光り、浪人とはいえ、見る影もない有様だった。店に入ってきた時に、他の客がその姿を見て恐れ、大野のまわりからそっと離れていったのを五助は見ている。

大野の様子には、是が非でも刀を貰っていかなければという気概が見えた。

だが、政右衛門は、

「大野様、刀を請け出させてほしいなどと、よくもまあ……請け出すということは、借りた金を返してから言うものです。手前は利子一文も頂いておりませんのに、刀をお渡しする訳には参りません」

厳しい顔でつっぱねた。

理屈は政右衛門の方にあった。

すると大野は、仕官ができれば、こちらに金を返すこともできる。妻の病も治してやることができると言う。

「一世一代の頼みだ、甲州屋、この通りだ」

大野は土間に膝をついて頭を下げた。

しかし、そんなことで気持ちを変える政右衛門ではない。

「およし下さいませ。他のお客様がびっくりしております。頭を下げられようと、どうしようと、できないものはできません。もしも、あなた様にそんなことをした日には、他のお客様にも同様のことをしなければならなくなります。第一、それでは、こちらの商売が成り立ちません。それぐらいのことはお分かりでございましょう」

「甲州屋、そこをなんとか……」

「仕官するのに、いちいち刀を見せなければならないのですか……お腰には鞘だけ差していけばよろしいではございませんか」

「それが実は、仕官の条件の一つに立ち合いがあるのだ。募集しているのは剣術指南なのだ。剣術指南に応募する者が、竹光(たけみつ)で参上すれば、それだけで断られる」

「大野様。あなた様は、そういうことも承知で刀を質に入れられたのでございましょ」

「分かっている。妻のために致し方なかったのだ。しかし、しかしだ、刀は武士の魂」

「その魂を質に出されたのは、あなた様です。私が望んだ訳ではございません。今更武士の魂だなどと、ご自分が恥ずかしいと思われないのですか」

「甲州屋」

大野は怒りに震える目で、きっと見た。

「愚弄をするか、この俺を」

「とんでもございません。言いがかりはよして下さいませ。私はお金を返していただければ、すぐにでもお渡ししますよ」

「浪人とはいえ武士のはしくれ。公衆の面前で愚弄されて引き下がって帰る訳にはまいらぬ」

「お好きになさって下さいませ。私は忙しいですからね、失礼しますよ」

奥に引き揚げようとした。

「待て！」

大野が腰にあった小刀を抜いた。

店に悲鳴が上がり、客たちは蜘蛛(くも)の子を散らすように出ていった。

「わ、私を斬るとおっしゃるのですか。私を斬れば人殺しですよ。刀を一日渡してくれなどと、いい加減なことをおっしゃって、本当は刀を手にしたら、ずらかるつもりでございましょ。仕官だなんてよくもまあ、そんな嘘を並べ立てて」

政右衛門は、恐怖に震えながらも一歩も引かない。

「武士に二言はない。俺の心は真っ白だ」

「分かるものですか。第一そんなこと、どうやって証明するんですか」

「許せん」

「斬るなら、お斬りなさいませ」

政右衛門は、上がり框まで出てきて、そこに座った。

大野は、いったん刀を振り上げ、ぶるぶる震えていたが、すいっと体を引くと、

「甲州屋、おまえがどれほど悪人か……そしてこの俺の心がどれほど真白いものか、店先で腹かっ捌(さば)いて皆に見せてやる」

そう言うと、店先に座るやいなや、いきなり腹に刀を突き立てた。

血が土間に瞬く間に広がって、大野は苦悶(くもん)の表情を見せながら果てた。

大野の遺体は番屋の者の手で源治店に運ばれたが、人の噂では翌日、病んでい

た妻女も自害して果てたということだった。

　その一年後、刀は古道具屋に払われた。

「ところがです」

　五助はそこで言葉を切ると、十四郎とお登勢をおののく目で見詰めてきた。

「大野様のお身内の者だと名乗る尾羽(おは)打ち枯らした浪人が現れまして、大野様の刀を請け出しに来たのだとおっしゃったのです」

「そうか、その者の小鼻に黒子があったのか」

「はい」

　五助は興奮した目で、十四郎に頷いた。

「そのお方は、大野様のお内儀の兄上様だとか申されました。妹が自害する前に、ことの次第を書き残していたのだと……」

　しかし政右衛門は、時すでに遅し、もう刀はここにはないのだと告げた。

　するとその浪人は、鬼のような顔をして、

「このままで済むと思うな。おまえは天罰によって裁かれる」

　などといっとき大声で喚き散らし、帰っていったのである。

「私は恐ろしくて、ずっと忘れられなかったのですが、あの法雲と名乗る坊さんが根岸に現れた時、黒子を見て、すぐにその時のことを思い出しました。ただ、お店に参られたのはご浪人でしたし、まさかとは思っていたのですが、昨日お登勢様と旦那様が話しているのをお聞きしていまして、やっぱりあの時のご浪人に違いないと思ったのです」

「お聞きの通りでございます。私も五助から聞きまして、これは大変なことになったと……親父は殺されるかもしれません」

「五助」

「はい」

「しばらくの間、親父殿を見張っておれ。隠居所から一歩も外に出さぬようにな」

「承知致しました。どうか旦那様をお助け下さいますように……」

初太郎ともども五助が深々と頭を下げて部屋を出ていくと、入れ違いに、金五と松波が入ってきた。

「十四郎、まずいことになったぞ」

金五は、松波を促してそこに座ると、

「また一人、法雲が出す薬湯で亡くなった」

「どこの、誰だ」

「おまえが住んでいる米沢町だ。生薬屋『倉田屋』は知っているだろう」

「二丁目にある。主は庄太郎という」

「そうだ。その庄太郎が、こともあろうに祈禱を受けていたらしいのだが、昨日亡くなった」

「何……薬湯がどんなものか、生薬屋が気づいていなかったのか」

「おかしいと家人に漏らしていたようだ。それで奉行所に届けがあって、家人は主の名を出して、特別に祈禱を受けたいと呼び出した。むろん捕縛が目的だ。そうして約束の刻限にあの寺に松波さんの配下の者が向かったのだが、逃げられた」

「逃げたのは、府外か」

「いや。奴らは本所にある豊後国七万石、岡津藩の下屋敷に逃げこんだのだ」

十四郎は絶句した。

松波は、弱り切った顔をして、

「もう町方は手がつけられません。掛け合ったのですが、わが藩の下屋敷には、科人などはおらぬと頑として応じてくれぬのです」

「……」

「ことが大名屋敷だからな。万事休すというところだ」

金五は、悔しそうに膝を打った。

「許しません。そんなこと、許されていい筈がありません。相手がお大名だろうと、悪は悪、善は善、それが裁けないのなら、御政道は成り立たないではありませんか」

お登勢は憤然として言った。


「二人揃ってやってくるとは、珍しいこともあるものだな」

楽翁は、植木の剪定（せんてい）をしていた手を止めて、十四郎とお登勢が額（ぬか）ずく縁側に腰をかけた。

庭の先には湖と見紛（みまが）うような大きな池が、満々と水を湛え、水鳥が線を描いていく姿も見える。

池の周りは夏草が茂り、見渡す限り緑に覆われた樹林の中から、小鳥のさえずりが聞こえてくる。

「畏れながら、お知恵を頂きたくて参りました」

手を膝に置いて、十四郎は言った。

「改まってなんだ。夫婦になるという話か」

にやりと笑った。

「楽翁様」

お登勢が、きゅっと睨んでみせる。

「違ったか……いや、一度言うておこうと思ったのだが、わしは十四郎の行く末もお登勢のことも、常々考えておるのだ。正直なところ、十四郎はわが藩に今すぐにでも迎えてお登勢を妻にと考えてもみたのだが、慶光寺や橘屋のこともあってな。そなたたちが今この仕事から抜けるとわしが困る。万寿院様もお嘆きになられるのは目に見えている。そうかと言って、二人をなんとかしてやらねばと、それがわしの責任だと、頭を痛めているのだが……」

楽翁は、庭を見遣りながら言い、苦笑した。

十四郎は返事に困った。

自身も行く末を考えていて、お登勢とのことをも含め悩んでいる。

今すぐにどうこうできない問題だけに、返事のしようもないのであった。

お登勢も、切ない目を膝に落として聞いていたが、ふっと十四郎と目を合わせ

ると、すぐに明るい顔をつくって、

「お言葉はありがたく頂戴致しました。でも楽翁様、今日は私事でお訪ねしたのではございません。是非にもお力添えいただかなければ、私どもではどうにも解決できない問題がございまして……」

橘屋の主然として言ったのである。

楽翁は顔を回して、

「承知した。言うてみよ」

お登勢を、そして、十四郎を見た。

「楽翁様、豊後国岡津藩七万石のご隠居、幽仙(ゆうせん)様のことですが」

「ああ、あの変わり者か。時折退屈して、便りをよこして参るが、まさかあの幽仙が何か問題を起こしたのか」

「いえ、実はあのお屋敷に、こたびの事件の首謀者が匿(かくま)われておりまして……」

「ほう……さもあらん。幽仙は近頃退屈を紛らわすために、大道芸人やら女相撲取りやら、なにやらややこしい輩を大勢屋敷に宿泊させていると聞くが、そのうちの誰かが事件の首謀者と申すのだな」

「はい……」

十四郎は、祈禱師法雲に纏わる事件と、その経過を手短に説明した。

楽翁は、じっと耳を傾けていたが、

「仔細は分かった。わしはそなたたちも知っていると思うが、寛政の改革で金貸しどもを厳しく取り締まった人間だ。だが、だからといって、人の命をないがしろにする者を許せる筈がない。しかし、幽仙殿の立場も……」

楽翁は顎に手をやり、髭の在処を探すように撫でていたが、

「ふむ……」

にやりとして、十四郎とお登勢を見た。

五

本所の横川に架かる橋に、業平橋があるが、豊後国岡津藩の下屋敷は、その橋の東側、西尾隠岐守の抱屋敷の隣にあった。

辺りは百姓地で、陽が落ちると人の姿はまったく見えない鄙びたところである。

頼りは月の光ばかり。その月もおぼろだが、なんとか人の影も確認できるし、近づけば顔も判別できる明るさはあった。

十四郎と藤七は、岡津藩の下屋敷前で、もう半刻以上も待機していた。

時は既に夜の四ツ（午後十時）は過ぎている。

楽翁が幽仙に送った手紙には、本日夜半、幽仙お抱えの有名な祈禱師を差し向けてほしい旨書いてあった。

その時刻もそろそろかと十四郎と藤七が黒い門扉を見詰めていると、静かに潜り戸が開き、僧のなりをした法雲が出てきた。

法雲は浪人二人を従えていた。

三人はゆっくりと業平橋に向かった。十四郎と藤七は足音を忍ばせて尾けていく。

「十四郎様」

藤七が低い声で叫んだ。

先ほどまで、十四郎たちに無防備に背を向けて歩いていた浪人二人が、ぴたりと足を止めたのである。

法雲だけが、足も止めずに先を行く。

左側は武家屋敷の塀が続き、右側には畑が続いている一本道の真ん中で、二人はしばらく背を見せて背後の気配を窺っていたが、突然申し合わせたようにくるりと後ろを振り向くと、抜刀して十四郎たちの方に走ってきた。

「藤七、おまえは法雲を追え」

十四郎は藤七を下がらせると、静かに刀を抜いた。

浪人二人は、呼吸を止め、無言で風のように駆けてきた。

静かに正眼（せいがん）に構えて立った十四郎に、僅かに時間をずらして、飛びかかってきた。

十四郎は、最初の太刀を撥（は）ね上げると、次の太刀を横手に払って再び身構えた。

浪人二人は、十四郎を前後に挟むようにして立った。

無言であった。

十四郎は、前後の敵との間合いを計る。

藤七が駆けていくのを見届けて、十四郎の方から撃って出た。

まず、正面にまわっていた浪人の面を撃ち、払われた刀を引くと見せて、相手が構えに入る僅かの間をつき、水月（すいげつ）を突き刺した。

前にいた浪人は、微かな呻きを漏らすと、腹を押さえて音を立てて崩れ落ちた。

「死ね」

激昂（げっこう）した声を上げて、後ろの浪人が襲ってきた。

十四郎は、後ろを振り向くと、撃ち込んできた刀を受け流し、その刀を上段に構えると、間を置かずして右足から踏み込んで、浪人の頭上に斬り下ろした。

「ぎゃっ」

男は声を上げ、よろよろと畑の傍まで歩いていったが、そこに膝をがくりとつくと、前のめりになって畑地に伸びた。

血飛沫を払って刀を鞘に納めると、急いで業平橋に向かった。

「ふむ……」

橋の袂に捕り方の提灯が見え、その灯の中に、後ろ手に縛られた法雲が引き据えられていた。

「引っ立てい」

松波の声が、月夜に響く。

藤七が抜き身の刀を手に、近づいてきた。

「十四郎様……」

「それは？」

「法雲が、仕込み刀を持っていたんです。私が後ろから羽交い締めにして取り上げました」

「本当か」

「嘘は申しません」

藤七は、ことさらにさらりと言った。

「いやはや、皆様には本当にお世話になりました。でももう、この通りです」

政右衛門は草刈りをしていた手を止めて、刈り取った雑草の跡を振り返った。

茂るに任せていた庭が綺麗に刈られて、五助がそれを一か所に集めていた。

盆も過ぎ、秋風が立つある日のこと、十四郎とお登勢が根岸の政右衛門の隠居所を訪ねると、政右衛門は憑きものが落ちたような顔をして出迎えたのである。

「それにしても、倉田屋さんは気の毒なことでした。初太郎から聞きましたところ、倉田屋さんは昔、大野様から人参のお薬を欲しいと頼まれたらしいのですが、無一文だと聞いて、やんわりお断りになったそうでございまして、法雲という男は、それを恨んで狙ったのだと……」

しみじみと言う。

「あの男は、確かに大野という浪人の妻女の兄だったのは間違いない。だが、幼い頃に養子に出され、その養家も持って生まれた粗暴な性格が災いして追い出されていた。途方に暮れていたところに、妹が江戸にいると聞いてやってきたらしいのだが、最後の頼みの綱もこの世にいないことが分かって逆上したらしい。俺も浪人の苦しみを知らぬ訳ではないが、大野や法雲のやり口には同情できぬ。おまえも、もう気にするな」

十四郎は慰める。

「ありがとうございます。私もこうして草を刈っておりますと、やればできるものだと、我ながら感心しておりまして、この先は、心身共に健康な生活をと思っております」

政右衛門は、額に光る汗を拭いて笑った。

「早々と隠居などするからだ」

「おっしゃる通りです。考える時間が多いといけませんな。体を動かしているのが一番です。私もこの根岸を払おうかと思っております」

「あら、じゃあまたお店に戻られるんですか」

お登勢が目を丸くして聞いた。

「いえいえ、私は甲州が生まれ、それも親は百姓でした。ですから私も元気なうちは、田舎で百姓でもしようかと思っております。花鳥風月もよろしいですが、どうも私の性には合いませんので」

政右衛門は苦笑した。

「そうだな……それもいいかもしれぬな」

「はい。忙しくしていれば、寂しさも紛れますから」

「じゃあ、お梶さんにも知らせてあげなくては。お梶さんは政右衛門さんに用立てていただいたお金を返したい、いずれこちらにお邪魔したいとおっしゃっておりましたから」

「来てくれましたよ、昨日……」

「まあ……」

お登勢は、驚いてみせ、

「じゃあ、びっくりしたんじゃありませんか。甲州に帰るなんて話を聞いたら」

その先の話を期待するような口振りで聞いた。実はずっと二人の関係が気になっていたからである。

鬼政と恐れられた政右衛門が、お梶にだけはまったくの仏心で、何の見返りも望まず金を貸して助けている。

もちろん、政右衛門の店とお梶が勤めていた古本屋の店は近くて、顔見知りであったという事情はある。だがあの時の、政右衛門の行動には、表に出さずとも何か心中に期するところがあった筈だとお登勢は思っていた。

今度の事件で、それが亡くなった妻に似ていたためということが分かったのだが、それだけではない、ある好意を政右衛門はお梶に持っていたのではないかと思っている。

二人の年齢は親子ほども違いがあるが、お梶は二度とも結婚に失敗している女である。

しゃっきりとして、気配りができて、働き者のお梶がなぜという気がするが、三度目の正直ということだって望めない訳ではない。

もしも二人にその気があるのなら、一役買いたい、役に立ちたいとお登勢は考えていたのである。

「お登勢さん、正直に申しますと、私はお梶さんに、一緒に甲州に行かないかと誘ったのですが……」

政右衛門は、青年のようなはにかみを見せた。

「で、お梶さんはなんと……」

「断られました」

「……」

「お梶さんは、こう言ったのです」

政右衛門は、苦笑すると話を継いだ。

お梶から、借りていたお金を返済に参りましたと六両の金を差し出された時、政右衛門は受け取るのを拒んだのである。

これは私の気持ちから出た金で、本当は返済などしてほしくないのだと言い、政右衛門は思い切って甲州で一緒に暮らさないかと言ったのである。

だがお梶は、弱々しい笑みを見せると、

「お心遣い、ありがとうございます」

律義に礼を述べた後、

「でも……」

と、遠くに目を遣った。

お梶の顔には戸惑いが見えた。政右衛門は慌てて言った。

「いやいや、あんたにこんな話をするのは、失礼だとは思ったのですが……」

正直、年齢差を考えれば、断られて当たり前の話だった。

言ったそばから後悔に襲われていた。

だがお梶は、

「私、政右衛門さんのこと、私にとって本当に大切な方だと思っています。いままでいろいろと嫌なことがありましたが、政右衛門さんのような方に巡り合えて幸せだと思っています。政右衛門さんから頂いた優しさが胸にあれば、この先も一人で頑張っていけると思ってきました」

「そういうことなら、ぜひ」

「いえ、だからこそ、そのお話はお受けしてはいけないと思います」

「………」

「政右衛門さん、ご存じのように、私は二度縁付いて二度離縁致しました。最初の亭主を許せないと思って離縁し、妻を亡くした人と二度目の所帯を持ちましたが、その人の胸の中には昔の人の顔が見え隠れしているのを知りました。いえ、それはしごく当然なことなのですが、料理の味一つにしたってそうです。私は二度目の亭主の亡くなった妻ではありませんから、亭主の気に入ってもらうようにはなかなかできません。いろいろと小言を言われるそのたびに、私と一緒になったのは、私を愛しいと思って一緒になったのではないと思うようになりました。私の実家にお金を送ってしまって喧嘩になった時も、私だからそんな冷たいことを言うのだと考えてしまったのです。これなら、再婚しない方がよかったのではないかと……。この人をいい人だと思っていた時の方が、お互い幸せだったのではないかと……。とどのつまりは、私も、これでは初めの亭主の方が優しかったのではないかなどと馬鹿なことを考えて。そんな筈ないのに……あれほど嫌になって別れたのですから。でもそうやって、お互いの心が離れていくのが分かってくると、本当に寂しいのです。一人でいるより、ずっと寂しいのです。一人でいるよりずっと哀しいのです。私、政右衛門さんと、そんな関係にはなりたくありません。生涯、心の中の支えになるような、そんな関係でいたいのです」

お梶はそう言うと庭に下り、

「どうぞ、お元気でお暮らし下さいませ」

深々と腰を折った。

「お梶さん」

行きかけたお梶を政右衛門は呼び止めた。

「甲州はぶどうがおいしい。一度、食べにきませんか」

「はい。是非」

お梶はにこりと笑ってくれたのである。

「そういうことです。見事に振られましてな」

政右衛門は頭を掻いたが、満更でもない顔をして、懐から財布を取り出すと、さらに財布の奥に懐紙に包んでしまっていた六両を出した。

「お登勢さん、これがお梶さんが返済してくれたお金です。この六両は私の支えになりそうです。この年になって初めて、金もただの金じゃないということが分かりました。お恥ずかしいことです。いつかお梶さんが、小さな古本屋でも出す時には、その時にはと思っています」

政右衛門は少年のような目をして言った。

「十四郎様、あの二人、きっと先々一緒になるかもしれませんね」

お登勢は、根岸の隠居所を振り返って言った。

第三話　凧の糸

一

折烏帽子の男は、竈に注連を張り、幣を持っておもむろに座ると、それをさらりさらりと左右に振って、うだらふだらと聞き取りにくい祝詞を上げた。

「ふむ。いま何と唱えたのだ？」

傍で眺めていた十四郎が、笑いを噛み殺して聞いた。

「静かに……」

男は、きらっと横目で十四郎を睨んで言った。

この男、朝早くから十四郎が住まいする長屋に鈴を鳴らしてやってきた『竈祓い』を生業とする者である。

白木綿の小袖に、柄は定かでないほど着古した木綿の袴を穿いていて、

「竈祓いでござる。厄祓いでござる」

と、一軒ずつ回り、

「いかがですかな。霊験あらたか、効きめはお祓いをすればお分かりになる。まずは竈から火を出さない。油虫、鼠は退散する。その上に、私のお祓いは、竈での煮炊きが絶えることはないという福ももたらすお祓いでござる。お祓いを断れば、病気、貧乏、家庭不和と、まわりの家でお祓いをして行き場を失ったありとあらゆる厄難がこの家に集まってくる。それを祓うためにも是非……」

と、口上を述べるのであった。

「うちはいい。俺は元気だ。それに貧乏には慣れておる。またこの通りの独り者だ。余所に回ってくれ」

十四郎は即座に断ったが、斜め向かいの鋳掛け屋の女房おとくがすっとんできて、

「旦那、旦那は留守がちなんだから、留守の間に竈から火を出されたりしたら大変なんだからね。せっかくだからお祓いしてもらわないと。ご近所の皆さん全員お願いする手筈になっているんだから」

目を吊り上げて言うものだから、断り切れずに家に入れたが、正直そこら辺の大道芸人を見るがごとくに、ただ物珍しいだけで高みの見物をしていたのである。

なにしろ、十四郎の家の竈は、近頃はいつ火を焚いたか忘れるほどで、鍋も釜も赤錆がきているぐらいだから、油虫も鼠も寄りつきようがない。

男は、竈の中を覗き見ると、そのあたりの事情を察したらしく、

「いや、かたじけない。何を隠そう私も昔は浪人をやっておった。だが浪人では食えぬ。それで、あれやこれやとやっているうちに、この職に落ち着いたのだ」

などと本当か嘘か分からない話をするものだから、いよいよお祓いに効果があるとはとても思えず、十四郎は思わず苦笑した。

しかし男は真剣で、十四郎を制した後も、じゃらんじゃらんと鈴を鳴らし、また、うだらふだらとしばらく口の中で祈った後、幣を左右に大きく振って、

「えい！」

と気合いを入れると、竈に恭しく一礼して、

「これで、竈祓い、厄祓いが終わりました」

終わりを告げた。

そうして十四郎の方に向き直ると、脇に置いてあった一辺が六寸ほどの木箱を

十四郎の前に置いた。

その箱は、戸口に立った時には、荒縄で首にかけてきたものである。

「これに、お祓い料を頂きたい。四十文かあるいは米三合をこれへ」

帯に差していた白扇を引き抜いて、その箱を指す。

「何、そんなにとるのか」

十四郎が驚いて箱の中を覗いてみると、米と銭が混じって入っていた。

「竈祓いの相場は百文から百二十文でござる。あるいは米一升。私のお祓いは格安も格安、相場の三分の一の値でござるよ」

「ふうむ。意外といい商売ではないか」

十四郎はしぶしぶ四十文を箱に投げ入れた。

「御利益がございますように……」

男はもっともらしいことを言い、片手拝みで十四郎を拝むと、そそくさと出ていった。

——やれやれ、せっかくの惰眠を邪魔されたな……。

所在無げに見回した時、

「秀ちゃん、行くぞ」

張り切った声を上げて、溝板を踏んで駆けていく千太の声が聞こえてきた。

——友だちができたようだな。

十四郎は苦笑して、子供たちの駆け足の音が遠くなるのを聞いていた。

千太というのは、一月前に母親のお静とこの長屋に越してきた八歳の男児である。

十四郎が千太に会ったのは、半月前の昼下がり、浅草御門近くの柳原土手だった。

子供たちは戦ごっこをしていたようだが、一人の男の子が囲まれて、剣にしていた棒で、てんでに突っつかれて泣いていた。

「弱虫、おまえのせいで負けたんだ」

「青瓢箪。かかってこいよ」

などと、言いたい放題言われていた。

見るに見かねて土手を下り、

「おまえたち卑怯だぞ。弱い者苛めをしては駄目じゃないか」

十四郎が一喝した。

男の子たちはそれで蜘蛛の子を散らすように逃げていったが、泣いていた男の子は、千太といい、十四郎が住む長屋の住人になったばかりだと、その時知ったのである。

「男の子だろう。泣くな。おまえが泣くから面白がるのだ」

十四郎は膝を折って千太の顔を覗いて言った。

「だって、おいらは、ててなし子だって……」

「そんなことを言ったのか」

十四郎は、逃げていった子供たちの方を見遣る。

「いいか。ててなし子になったのはおまえのせいではないのだから、しっかりしろ。今度苛められたら俺に言うんだ、叱ってやるぞ」

十四郎は千太を慰めて、長屋に連れ帰ってきたのであった。

夕刻になって、千太の母親だというお静という女が礼を述べに十四郎の家の戸を叩いたが、これが三十過ぎの色気のある女で、正直、十四郎はどきりとした。

「両国の『山吹屋（やまぶき）』さんで夕刻まで働いておりますので、ご挨拶が遅くなりました」

お静は両手を揃えて腰を折った。

山吹屋といえば、老舗（しにせ）の小料理屋である。

入ったことはないが、店の前は幾度も通って知っていた。

「女中をしています。お客様の残り物も頂けますから、助かっているんです」

お静は、ちっとも気負ったところがない、好感の持てる女だった。

その日はそれで帰っていったのだが、それから時々、小芋を煮たとか、しじみ飯を炊いたとか言って、十四郎に持ってきてくれるのであった。

十四郎が橘屋に行って留守にしている時には、上がり框に料理が置いてあったりする。

ありがたいが、このままこんな関係を続けるのは、少々気が重かった。

ふっとお静の顔が頭の中を過った時、

「ごめん下さいませ。十四郎様、いらっしゃいますか」

お静の声だった。

「何かな」

わざとこむずかしい声を出すと、

「よろしかったらどうぞ」

大根の煮物を持ってきた。

「お静さん、俺への心配なら無用だ」

一応断りを言うのだが、これきりにしてくれと強いことも言えないのである。

「それはそうと、千太はずいぶん元気になったな」

「お陰様で人が変わったようになりました。苛められることもなくなったようですから」

「今も走っていったぞ」

「はい。凧揚げに行きました」

「何、凧揚げ」

「ええ。柳原土手ですと、今の季節でも十分に風があるようです」

「ほう……懐かしいな」

「千太が持っている凧は、お友だちのどの凧よりも高く揚がり、それに強いようです」

「一度覗いてみるかな」

十四郎は奥に引き返すと、刀を摑んで外に出た。

凧揚げなど、眺めるのは久しぶりである。

風を気にしながら柳原土手に立つと、むこうの河岸で五つほどの凧が揚がっているのが見えた。

凧の絵は、奴、達磨、日の出、竜、それに鬼ヤンマと見える。

いずれも子供が扱える小凧である。

揚げている場所は新シ橋辺りで、風に乗って子供たちのはしゃぐ声が聞こえてきた。

妙に胸が躍って足早に新シ橋の河岸に降りると、

「やったぞ、おいらの勝ちだ」

千太の声だった。

凧が一つ、くるくる舞いながら、落下していくのが見えた。

近づくと、みんな凧に鯨髭を張っているらしく、凧はうなり声を上げている。

「ふむ……」

懐かしかった。

かつて十四郎も子供の頃、父と一緒に凧を揚げたことがある。

主家である築山藩上屋敷は、神田の明神下にあったから、近くには江戸でも有名な凧の卸問屋『伊勢屋』があって、正月が近くなると、母にねだって買ってもらっていたのである。

親子三人幸せに暮らしていた頃のことである。

「おじちゃん」

千太が、凧糸を糸巻であやつりながら、蟹足で十四郎に近づいてきた。

千太が揚げている凧は、大きく羽を広げた鬼ヤンマだった。

「千太、なかなかの腕だな」

勇壮に泳ぐ鬼ヤンマを見上げると、近くにいた男の子が大きな声で十四郎に言った。

「千太のが一番よく揚がるし、強いんだよ、おじさん」

――おじさん……か。

と思って苦笑したが、子供たちから見れば父親の年頃に近い男に違いはない。

「そうか、千太のが一番か」

すると、千太が得意げに言った。

「おいらの凧はあの人に作ってもらったんだ。だから強いんだ」

千太は、ちらりと、岸辺の石に腰を下ろして竹ひごを削っている町人の男を顎で指した。

「ほう……」

視線を向けると、男は先ほど舞い落ちた凧の修理をしてやっているようだった。

傍に男の子が腰を据えて、男の手元をじっと見ていた。

「おじちゃん、あの人はね、名人なんだよ。竹次郎さんというんだ」

千太が胸を張った。

集まっている子供たちは、半月前に千太を苛めていた男の子たちである。

その男の子たちが、千太を中心に据えていて、子供たちの力関係がすっかり変わっているのであった。

どうやら千太は、凧で他の子供たちを制したようである。

十四郎は、どの凧よりもうなり声を上げ、悠々と揚がっている鬼ヤンマに思わず魅せられ、竹ひごを削って男の子の凧の修理をしている町人の男、竹次郎に近づいた。

竹次郎は、十四郎が近づいたのも気づかないほど熱心に凧の具合を見ていたが、

――揚げてみろ。

というように、男の子に修理の終わった凧を渡した。

「竹次郎さん、ありがとう」

男の子は凧を抱えて、みんなのいる方に駆けていった。

竹次郎はそれでようやく、十四郎に気づいたように会釈した。色の白い男だった。

年は三十前後、十四郎と近い年頃かと思われたが、二重瞼に子供のような透明感のある黒目を持っていた。

「見事だな、おまえの作った凧は……苛められっ子が一躍、人気者になっているではないか」

十四郎が感心して微笑むと、竹次郎もにやりと笑みを返してきた。

笑うと頬に笑窪ができて、人なつっこい感じがした。

「鬼ヤンマとは初めて見たぞ。羽と尻尾の均衡をとるのが難しかっただろう」

十四郎が問いかけると、竹次郎はにこにこして頷いた。

「俺も子供の頃、凧揚げが好きだった。だが親父の作ってくれた凧は、あんまり飛ばなかったような気がするな。おまえの凧を見てそう思ったが、秘訣があるのだろうな」

竹次郎の手元を見て聞いてみたが、竹次郎は曖昧な笑いを送ってきただけだった。

「よく揚がる凧を作る、こつはなんだ？」

「じ、自分が、ト、ト、トンボになった気持ちで……」

竹次郎が初めて口を開いたのである。

「そうか、トンボになった気持ちか……」

十四郎は笑った。

竹次郎も笑った。

久しぶりに童心に返ったようで、自身の笑い声も空に抜けるような明るさを感じていた。

二

「お兼(かね)さんといったな。別れたい理由をはっきりと言わなければ、こちらとしても引き受けようがないではないか」

凧揚げを眺めた後、橋屋に赴くと、十四郎の楽しい気分は一転した。例のごとく駆け込み人の暗い闇と、対面することとなったのである。

駆け込んできたのは、小網町(こあみちょう)にある思案橋(しあんばし)の袂に店を張る『豊島屋(としまや)』の内儀であった。

年の頃は三十前だということだが、皮膚の色は青黒く、顔も化粧を施しているのだが、粉をふいたような乾いた肌で生気がなかった。

橘屋の玄関に人の気配がするたびに、びくっ、びくっと怯えていて落ち着きがない。

「亭主の暴力が原因か」

「いいえ、暴力はありませんが、恐ろしいのです」

「どう恐ろしいのだ」

「殺されるのではないかと……」

「何……そのような気配があったのか」

「いいえ、今のところは……でも私、誰かに狙われています。あの家にいると、殺されます」

「亭主に狙われているというのか」

「店の者、みんなにです」

お兼は言い、俯いた。

「ふーむ」

つかみ所のない話だと、十四郎がお兼の顔を窺った時、どたどたと二階から人の下りてくる足音が聞こえてきた。

　するとお兼は、ぎょっとして顔を上げた。

「あの、私がここに入った前後に、誰かお客さんが宿に入りましたでしょうか」

　お登勢に尋ねる。

「何人かお泊まりの方は参られましたが、それが何か……」

　お登勢はあきれ顔で言った。

　どうにもお兼の様子は、尋常ではないのである。

「あの、私がここにいることを聞いた人がいるのではありませんか」

「いいえ、皆様遠方の方ですので。それに、この宿に駆け込みをした方の名を、見知らぬ人に告げることはございません。ご安心下さい」

「………」

「お兼さん。私が知るところでは豊島屋さんといえば、海産物商から身を起こして、今では献残屋としても成功なさった方ではありませんか。あなたは、何不自由なくお暮らしと存じますのに、どんな不満や不安があるのでしょうか。も少し、私どもにも分かりやすくお話ししていただかないと、こちらも応えようがありません」

「……」

お兼は困った顔をして考えていたが、十四郎が大きな溜め息をついたのが聞こえたのか、

「実は、私には兄がおりまして、三年前に神田川に落ちて死にましたが、あれはやっぱり、殺されたのではないかと思うのです。そう考えると、私も兄と同じような目に遭うのではないかと……」

「ちょっと待ちなさい。あんたは、あんたの兄さんが誰に殺されたと言うのかね」

「亭主の松太郎です」

「するとあんたも、亭主に殺されるかもしれないと、まあそういうことか」

「はい。それもこれも、もとはといえば、祟りかもしれませんが」

「祟り」

驚いて見た十四郎に、お兼は神妙に頷くと、

「きつねの祟りです」

と言う。

お兼の話によれば、豊島屋という店は、もともとお兼の父親が堀江町で興し

た海産物小売業の店だったというのである。

父が八年前に亡くなって、店は兄の平助が継いだ。

だが、平助はまもなく夫婦約束をしていた人に裏切られ、いっとき博打場に足を向けた。

酒は飲まなかったから、博打場に通って憂さを晴らしたかったのかもしれないが、その時、時々家に連れ帰っていたのが、松太郎だった。

やがて兄は、松太郎を店に入れた。

共同出資者として迎え入れたのである。

松太郎がどれほど出資してくれたのかお兼は聞いてはいなかったが、博打場の借金を松太郎が肩代わりしてくれたらしいというのが、後から聞くとはなしに聞いた話である。

その額がいくらだったのか、むろんお兼には知る由もない。

お兼は、遊び人の松太郎に店を食いつぶされるのではないかと心配したが、松太郎は強引なやり方で、同業者の得意先を次々と豊島屋の客にして、瞬く間に店は大きくなり、小売業から卸業に商い替えすることになった。

兄は有頂天だった。

松太郎のあくどいまでのやり方を知りながら、兄の平助はだんだん松太郎の言いなりになっていった。

店も堀江町から卸の荷の搬入が容易な小網町に移転したが、この時ばかりは、堀江町の店はそのまま残すようにお兼は反対したのである。

それというのも、父が死ぬ前に、兄妹二人を枕元に呼び、遺言した言葉がお兼の頭には、ひっかかっていたからだ。

「どんなことがあっても、この土地を離れるな。特に、裏庭にあるお稲荷さんは、先祖の代からずっとうちを守ってくれたもの。これを移動させたり捨て置いたりすれば、必ず罰が当たると言われている」

父はそう言って死んだのである。

そうでなくても堀江町の店は、お兼が子供の頃に亡くなった母の思い出もあり、人手に渡すのは嫌だった。

しかし兄の平助は、そんな話は親父の思い込み、迷信だと言い、松太郎の言う通りにすれば間違いないのだと、お兼の願いを退けて店を移転したのである。

松太郎にはどういう昔があるのか知れなかったが、北国からの廻船(かいせん)に話をつけて、良質の品を安い値段で叩き買いして、瞬く間に卸業としても道筋をつけたのである。

経営者としての取り分は折半だったから、兄が喜んだのは言うまでもないが、やがて献残屋の株を手に入れた頃から、兄の平助が不満を言いはじめた。

松太郎のやり方には目に余るものがあると言うのであった。

乗っ取った献残屋の主が自害し、遺書に豊島屋への恨みを書いていたというのだから、詳しいことは知らないが、松太郎は相当悪辣な手を使ったに違いなかった。

「お兼、今まで儲けた金を折半して、あいつとは袂を分かつつもりだ」

平助が胸のうちをお兼に漏らしてまもなく、平助は酔っ払って神田川に落ちたのである。

兄の死に疑いを持ったお兼だったが、松太郎から熱心に妻になってくれと言われたお兼は、心細さも手伝って、松太郎の申し出を受け入れた。

「兄さんの死は、お稲荷さんの祟りだ」

お兼はそう心の中で決着させることで、兄の死の不安に幕を引いたのであった。

それから三年、松太郎には夫婦の情愛などまったくないことを身を以て知らされた。

人にも聞く夫婦の睦み合い、労り合いを知るにつれ、なぜ、松太郎が自分を妻にしたのか、ようやく分かった。

店の沽券も、商いから得た利潤も、すべて兄と松太郎の権利は半分ずつという約定を交わしていた。だから自分を妻にしたのではないかとお兼はお登勢と十四郎に話し、悲しそうな吐息を漏らした。

お登勢は考えていた目をお兼に向けると、

「お話は分かりました。まず第一に夫婦の仲ですが、これは、それほど信用のできない夫婦関係ならば、別れて、やり直した方が良いかもしれませんね。しかしその前に、あなたの不安を取り除くために、あなたのお兄さんが亡くなられた原因が、事故か殺されたのかをはっきりさせなければなりません。そうすれば、お稲荷さんの祟りの話も、ご亭主があなたを殺す殺さないといった話も、はっきりしてくるように思います。一つお聞きしたいのですが、お兼さんは一度でもご亭主に別れたいと意思表示をしたことがありますか」

「いいえ……そんな話をしたら殺されるのではないかと……でももう一日だって、あの家にいるのは嫌です」

「しかし、あんたはこの宿でさえ、誰かが自分を狙っているのではないかとびくびくしている」

「ですから、すぐにお寺に入れていただく訳にはいかないのかと……」

「それは無理だな。寺に入るには厳しい詮議の後で、それしか方法がないとされた者だけだ」

「……」

「困ったな……」

十四郎は顎に手をやって、お登勢を見た。

結局、亭主の松太郎も知らない昔の知り合いが、八名川町で三味線の師匠をしているというので、しばらくそこに落ち着くことに決まり、お登勢は藤七に送らせたのであった。

お兼は最後まで、お金ならいくらでも出しますから、すぐに寺に入りたいなどと言っていたが、金五からもそんな例外は許されないのだと却下された。

どうしても不安というのなら、用心棒でも雇ったらどうかという話になって、近日中に適切な者を十四郎が選び、お兼の宿元に送り込むことになったのである。

十四郎は日の明るいうちに橘屋を後にして、神田の小野派一刀流伊沢道場を訪ねてみた。

師匠の伊沢忠兵衛にことの次第を相談して、用心棒の人選を頼んでみようと思ったのである。

だが、師匠はさる藩邸に出稽古に行っているとかいうことで留守だった。

師匠の一人娘で、出戻りの未世に、明日もう一度参るゆえ、先生にはよしなに伝えておいてほしいと言伝を頼み、米沢町の長屋に引き揚げてきた。

それが昨夕のことだが、今朝になって十四郎は、伊沢道場にもしも適当な人間がいない場合には、金五の妻で諏訪町に道場を開いている千草に頼むという手もあると考え始めていた。

ただ、千草は道場主だから気軽には頼めない。

いずれにしても、今日もう一度伊沢道場を訪ねてみようと早起きをして、珍しく竈に火を焚いた。

早起きといったって、十四郎のことだから、長屋の者たちはとっくに朝餉を済ませて出かけてしまった後である。

ゆっくりと飯を炊き、味噌汁をつくり、残りの熾火で干物の魚を焼くつもりである。

口を開けて待っている人がいる訳ではないから、そこは気楽なものである。

ぼんやりと竈の中の火を眺めていると、ふっと竈祓いの男の姿が頭を過った。

だが、考えはすぐに二人の対照的な女の人生に移行した。

一人はお静である。

夫と死に別れて、一人息子の千太を育てながら、小料理屋で働いている。けっして収入も多い訳ではなく、日々の暮らしがやっとの状態で、息子を育てることで手いっぱいで、自身の幸せなど考えている余地はない。

もう一人は、お兼である。

金はあり余るほどあっても、夫婦の仲は冷えきっていて、お兼は寂しさをかこつ生活を送ってきている。もはや人を信じることのできなくなった女である。

——いずれも頼るべき人がいないということだ。世の中はうまくいかないものだな。

独り言ちて、

——そういう俺だってこの有様だ。

と、自身の身の上に考えが及んだ時、

「へっへっへっへっ」

妙な笑い声がしたと思ったら、大家の八兵衛(はちべえ)がいつの間にか入ってきていた。

「八兵衛……」

煙に噎(む)せながら声を上げると、

「十四郎様、早くいい人をお貰いなさいませ」

思わせ振りな笑みを浮かべる。

「何の用だ」

「そんなぶっきらぼうな言い方をなさるところを見ると、やはり、ここらへんで……なんて、考えていたのではございませんか」

「何の話だと言っている」

「ごまかしたって駄目ですよ。そりゃあそうです。男がご飯の用意をするのは大変ですからね。まして十四郎様はお武家様です。お年もお年ですし、早く決心した方がよろしいですよ。お相手はお登勢様が一番でございましょうが、そうもいかない事情もあるでしょうしね」

八兵衛は嫌なことを言った。

むすっとして十四郎が薪をくべていると、傍に寄ってきて、

「てっとり早いところで、お静さんはどうだろうか、などと考えているのではあ

りませんか」

「八兵衛」

十四郎は、火吹き竹を持って立ち上がった。

「そんな怖い顔をなさらないで下さいまし。噂になっているのをご存じないようですね」

「何の噂だ」

「決まっているじゃありませんか、お静さんとですよ」

「俺がお静さんと……噂に」

「はい。それでね、私もこんな朝早くからお訪ねしたという訳ですよ、はい」

八兵衛は、お静はいい女だが子持ちの未亡人。すべて承知してつきあうのならば、それはそれでいいのだが、お静の気持ちを考えると、中途半端な態度はいけませんよ、などと言う。

「そのような仲ではない」

十四郎が憮然として竈に目を移した時、

「十四郎様」

厳しい顔をした藤七が入ってきた。

「これは番頭さん、お仕事のようでございますね。じゃあ私はこれで退散しますか」

八兵衛が察して外に出ると、

「たいへんなことになりました。お兼さんが神田川に身投げして亡くなりました」

「何、まことか」

「はい。遺体を引き上げたのは、土左衛門(どざえもん)の伝吉(でんきち)爺さんだったということです」

土左衛門の伝吉とは、江戸湾から隅田川一帯に浮かび上がった遺体を引き上げて、無縁仏として葬っている老人のことである。

以前ある事件で協力してくれたことのある老人だが、もとは盗賊をやっていた男で、なかなか肝のすわった爺さんだった。

深川の熊井町(くまいちょう)にある正覚寺(しょうかくじ)の中の長屋で暮らしていて、寺には苦労の末身投げして死んだ女房おまさの墓があり、その墓守りをしながら罪の償いのために、身よりのない不幸な者たちの遺体を葬っているのであった。

「よし、暫時(ざんじ)待て。朝飯もできたところだ。腹が減っては戦はできぬということもあるからな。おまえもどうだ」

「私は結構でございます。お待ちしておりますから、存分にお腹におさめて下さいまし」

藤七はあっさり断ると、上がり框に腰を据えた。

三

土左衛門の伝吉は、永代橋西袂の石段を下りた辺り、橋桁付近のちょっとした広いところに持ち舟を繋ぎ、舟の中を洗っていた。

「爺さん、久しぶりだな」

橋桁への階段を藤七と二人で下りていった十四郎が声をかけると、

「これは旦那、お久しぶりでございやす」

伝吉は桶の水を舟の上から、勢いよく川に捨てると、舟からひょいと飛ぶようにして岸に来た。

「元気そうじゃないか」

「旦那もお変わりなく」

「ちょっと聞きたいことがあって来たのだが……」

「今朝引き上げた女のことでござんすね」

伝吉はそう言うと、橋桁の周りにある石に腰かけるように十四郎たちに勧め、自分も傍の石に座って、

「一服やらせていただきやす」

断りを入れて煙管に腰袋の煙草を詰めた。

火入れの小さな簡易壺から火の粉を上手に煙草に吸いつけて、うまそうに喫むと、

「旦那、ありゃあ殺しですぜ」

伝吉は首を回して、十四郎と藤七を交互に見た。

「南町の旦那方がなんと裁定するのか知りやせんが、一応あっしはその時の状況を説明しておきやした。たまたまですが、女が川に落ちる音を聞いておりやしたから」

「何……」

「ですが引き上げてみると、水を飲んではいませんでしたし、体も冷たくなっておりやした。殺された後に水の中に投げ捨てられたのです」

「そうか……毎日仏に接している爺さんのことだ、間違いあるまい。爺さん、そ

の女は、昨日橋屋に駆け込んできた女でな、放ってはおけぬのだ。爺さんが知っている限りのことを話してくれぬか」

「そうでしたか。お安い御用でございやすよ」

伝吉は、煙草を吸い終わると、吸い殻をふっと川面に吹き飛ばして、

「実は今朝、まだ人通りも見えねえしらじらと明けてきた頃でした。佐久間町に所用がございやして、神田川を上っていたところ、新シ橋近くで大きな水の音がしたんでございやすよ。で、急いで舟を近づけますと、女が浮かんでいる。あっしも最初は身投げかと思ったのですが、引き上げてみると、もうとっくに冷たくなっていましてね。殺されて投げ込まれたのだと察しました。案の定、土手のむこうに走って逃げていく男たち三人が見えました。すぐに番屋に届け出まして、南の旦那方がやってきたのですが、寝ぼけ眼であっしの話も聞かぬうちに、遺体を運んでいっちまったんでございやす。ですから、あっしは、その後のことはどうなったのか……」

「そうか……で、その逃げていった男たちだが……」

「一人は二本差し……あとの二人は町人と見ましたが」

「遺体には刀傷などはあったのか」

「いえ、ありやせん」

伝吉は、自信のある声で否定した。

十四郎たちが想像もできないほど、さまざまな遺体を引き上げている男である。それも、死んだ女房の供養のために始めた仕事で、いや仕事というより奉仕であって、そんな男の言う話に、嘘がある訳がない。

十四郎は伝吉爺さんの言葉から、お兼は何者かによって殺されたのだと確信した。


ところが、そのお兼の死が身投げで処理されたという話を北町奉行所与力松波孫一郎が持ってきたのは、その日の夕刻だった。

伝吉の話を受けて、十四郎と藤七が、佐賀町の三ツ屋に、お登勢と話を詰めるために立ち寄った時だった。

三ツ屋は昼間は女子供の好きな甘い物を出しているが、夕刻からは酒も料理も出す船宿となり、近頃はお登勢が考案した折詰弁当も人気があって、本業の旅籠橘屋並みの収入を上げるようになっていた。

店で働く女たちは、全員が慶光寺に入り、夫と縁が切れて出てきた者たちで、その後の生活を支えるために、あるいは寺入りする時にかかった費用を橘屋から借りていて、その返済のために働く女たちである。

慶光寺の主は万寿院という前将軍の側室だった人で、寺に入った女たちは行儀はしっかりと躾けられていて、店は評判がよく年々商いも手広くなっているのであった。

この三ツ屋の主はお登勢なのだが、橘屋という御用宿の仕事があるために、店の帳場はお松に任せている。だからお登勢は、時折店にやってきて、お松に指図をしているのであった。

今日は昼過ぎから三ツ屋だというので、伝吉に会ってすぐに、十四郎は藤七と立ち寄った。

すると間を置かずして、金五が松波を連れて三ツ屋にやってきたのであった。

一同は揃って二階の小座敷に上がり、まず十四郎が伝吉の話を伝えたのだが、松波は苦い顔をして、

「ところが南は、お兼の死は身投げだと早々に裁定して、遺体は亭主に渡したようです」

と一同を見渡した。

「しかしだ、松波さん。先ほども申したように、伝吉は、あれは殺されてから投げ込まれたものだと言っていたんだ」

「それだが、南は遺体の懐におきつね様が入っていたことから、亭主に尋ねたところ、亭主の松太郎は、女房は常々おきつね様の祟りがあるとかなんとか言っていたと、まあ、そんな話をしたらしい。それが決め手となって、お兼は心を病んで入水したのだと結論したらしいです」

「まったく……それじゃあ、なんのための奉行所だ。怠慢ではないか」

金五は腹立たしげに言い、腕を組んだ。

夜の客がぼつぼつ入ってきているらしく、お客を出迎える明るい女たちの声が階下から聞こえてくる。

——お兼を橘屋から出したのは間違いだった。橘屋に宿泊させて俺がついていてやることもできた筈だ。そうすれば、いま階下で明るい声を出している女たちのように、新しい道も開けたに違いない。

十四郎の胸には忸怩たる思いがあった。

その思いは、おそらく、お登勢も金五も、持っている筈である。

この上は、なんとしてでもお兼の無念を晴らしてやらねばと思うのである。

松波も釈然としないのか、

「いや、実は、あの亭主の松太郎という者だが、三年前にお兼の兄平助が死んだ時にも、とかくの噂があった奴だ」

苦々しげに言った。

「松波さん。平助が死んだ時のことをご存じですか」

十四郎は、お兼もそんなことを言っていたがと話を向けた。

「あれは北の当番月でしたからね。私が吟味した訳ではありませんが……私ならああいう決着にはしなかったと思っています」

「というと、何か納得のいかない部分があったのですか」

「お兼と同じように、不審を持った者が私を含めていたのですが、結局泥酔して川に落ちたということで落ち着いたのです。水を多量に飲んでいたことと、他に外傷がなかったことが決め手でした」

とはいえ松波は、独自で調べていたのである。

松太郎の素性がはっきりしないことや、平助の店に入るまでは賭場荒らしだったことも、また本所の賭場で負けの込んだ平助に手を差し伸べたことで豊島屋に入りこんだことも、そしてその後、豊島屋が大きくなる過程で、相当悪辣な手段を使って相手を陥れていたことも松波は摑んでいた。

「後は平助と松太郎との関係になんらかの不和や争いがなかったかと……そこまで調べた時、平助の妹であるお兼が、兄の死はお稲荷さんの祟りかもしれないなどと言い出しまして、それで、殺しの確たる証拠もなかったことから、平助は身投げと決裁されたのです。しかし私は、酒を飲めない平助がなぜ泥酔するほど飲んだのか、私の調べではその晩の寄り合いでは飲んでいませんでしたからね。そのことが、ずっと引っかかっていたのです」

「いま話を聞いただけでも、松太郎というのは、相当な悪(わる)だな」

金五が言い、一同を見渡した。

「松波様。お兼さんは駆け込み人です。夫に殺されるかもしれないと私たちに訴えておりました。そのお兼さんを救ってやれなかった悔いもあるのですが、私たちはこのまま、そうですかと南の決定を鵜呑(うの)みにする訳には参りません。橘屋としてきっちりと決着をつけなければと考えております。どうぞ、お力添えをお願い致します」

お登勢はきりりとした顔で言い、松波に厳しい顔で頷いた。

豊島屋は戸口に『忌中』の札を張り、ひっそりとして見えたが、店の中に入ると、葬式の準備のためか、店の者たちが押し殺した声をかけ合いながら、慌ただしく動いていた。

十四郎とお登勢は、応対に出てきた番頭に橋屋の者だと告げ、お兼の遺体と対面した。

お兼は白い顔をして眠っているように見えたが、枕元にきつねの焼き物が一体、置いてあった。

きつねは手に余るほどの大きさで、十四郎は手にとって眺めてみたが、ずしりと手応えがあり、お兼が橋屋を訪ねてきた時に、とても懐におさめていたとは思えなかった。

十四郎とお登勢の様子を、ずっと険しい顔をして見詰めていた番頭に、主の松太郎さんに会わせてほしいと申し入れると、番頭は別の座敷に十四郎たちを案内した。

しばらくして番頭が案内してきた男を見て、十四郎はびっくりした。

あの、鬼ヤンマの凧を作った竹次郎にそっくりだったからである。

「主でございます。番頭から橋屋のお方だとお聞きしまして驚いておりますが、ひょっとしてお兼が訳の分からぬことを言って、そちら様にご迷惑をおかけしたのでございましょうか」

丁寧な物言いだが、言葉の色に老獪な感じがした。

「橘屋と聞いて、ただの宿ではないとお分かりいただいているようですから、申し上げますが、お兼さんは、あなたとの離縁を求めて参ったのでございます」

「やはり、そうでしたか。番頭から皆さんがお線香をあげに来て下さったと聞きまして、もしやと思っておりましたが」

「やはりとおっしゃるからには、ご存じだったのですね」

「いや、お兼ならやりかねないと思いまして」

「どういう意味でしょうか」

「時々おかしなことを言う女でしたからな」

「豊島屋さん。おかしなことを口走るようになった原因は、あなたにあるのではありませんか。あなたは、お兼さんに妻としての情愛を注ぎましたか。お兼さんは、あなたの心に情愛の一つも見いだせなかった。だから、こんな目に遭うのはお稲荷さんの祟りかもしれないと、そう自分に言い聞かせて納得させようとしていたのではございませんか。なんだかんだ言っても、女は受け身なんですから、そういうふうにできているんです。幸せかどうかは、おおかた男の態度で決まるんです。お兼さんに苦しみを与えておいて、悪し様におっしゃるなんて許しません。女として許せません」

お登勢は、厳しい口調で言った。

「橘屋の女将ともあろうお人が……お兼は気がおかしくなっていたんです。自分で死んでいったんです」

「豊島屋」

十四郎の険しい声が飛んだ。

「お兼はな、おまえに殺されるかもしれないと言っておったのだ」

十四郎は松太郎の目を捉えていた。目の色はごまかせぬ。

すると松太郎は、ふっと目を逸らした後、すぐに険しい目で見詰め返すと、

「そんな根も葉もない話を本気になさるとは……」

冷笑を浮かべると、すぐに激しい目で見詰め返して、

「何度も申しますが、あれは心を病んでいました。些細なことで怯えておりましたから、いつかはこんなことになるのではないかと危惧しておりました。そういうことです」

決めつけるように言った。

「そうかな。お内儀の遺体を引き上げた者の話によれば、入水などではない、殺されて投げ入れられたのだと言っておった。事実、逃げていく輩を実見しておる」

松太郎の顔色が変わった。立ち上がると、怒気を露にして言い放った。

「帰っていただきましょうか。お奉行所も身投げと断定しております」

押し出されるようにして、十四郎たちは表に出た。

すると、

「もし……橘屋のお方でございますか」

物陰から、丸顔の、小太りの女が声をかけてきた。

「あたし、お兼さんをお預かりした者で、とめと申します」

と言う。

「おとめさん……ああ、三味線のお師匠さんですね」

お登勢が言った。

おとめは頷いてちらっと豊島屋に視線を投げると、お登勢の横にぴたりとついた。

「歩きながら、お話を……」

おとめは声を潜めて言った。

「あたし、番頭さんの藤七さんには、あの晩、お兼さんはあたしがちょっとご近所に行ってる間にいなくなってしまったものだから、なぜあたしに何も言わずに出ていったのか分からないって言ったんですけどね。今日になって隣の人が、あたしの家で物音がしたって言うんです」

「物音が……」

お登勢が驚いて顔を向けると、

「ええ、それも争うような物音だったって言うんです……でね、まもなく長屋の路地をどたどたと駆けていく足音がしたと言うんです。お兼さんは連れ出されたんですよ」

「その人たちの人相とか、風体とか、分かりませんか」

「聞いたのは物音だけですからね。あたし、それを聞いてぞっとして、お線香もあげたくてここまで来ましたけど、やっぱり恐ろしくて……それで、これから橋屋さんに行こうかと思っていたところでした」

おとめはそう告げると、思案橋からもう一度豊島屋を振り返った。

「お兼さんは言ってました。私は亭主に殺されるって……」

「おとめ師匠、一つ気になることがあるのだが、お兼が神田川から引き上げられた時、きつねの焼き物を懐に入れていたというんだが、そのことについては知らないか」

「きつねですか……お稲荷さんのことかしら」

「そういうことらしい」

「知りません。巾着は持ってきていましたけど、その中には、お財布とかお化粧道具とか、そんなものしか入ってなかったように思いますよ。第一、そんなものを懐に入れて持ち歩くでしょうか」

十四郎は、おとめの言うとおりだと思った。

状況から判断するに、お兼を殺した下手人は、お兼が藤七に連れられて橘屋を出たところから、ずっと尾けていたことになる。

藤七がおとめにお兼のことを頼んで引き返した後は、お兼が一人になるのをじっと待ち、お兼に有無を言わせず連れ出して、そして殺し、夜が明ける前に神田川に捨てたのだ。

下手人は三人、これは土左衛門の伝吉が実見しており、おそらく間違いはないと思えるが、問題は、お兼殺しに亭主の松太郎が関わっていたという確たる証拠がないことだ。

――あの松太郎のことだ。容易なことでは尻尾は出すまい。

だが、それを押さえなければ……と、十四郎は思う。

「お兼さんのこと、よろしくお願いします」

そう言って帰っていくおとめの後ろ姿を、十四郎とお登勢はしばらく佇んで見送っていた。

四

お兼の葬儀が盛大に行われたと聞いてまもなくのことだった。

豊島屋の松太郎が、お兼が兄平助から譲り受けていた沽券の名義変更を、町役人を通じて奉行所に届け出たことが分かった。

知らせてくれたのは松波だったが、その沽券によると、松太郎の生国（しょうごく）は、越前（えちぜん）国三国（みくに）となっていたというのである。

松太郎の生国が越前だということは、藤七が、松太郎が昔通っていた賭場ですでに聞いていた。

松太郎は博打仲間に、血の繋がっている者は行方の知れない弟だけだと話していたようである。

松太郎はその時、国には帰れないなどと言っていたらしく、仲間たちは、松太郎は訳ありの人間だと見ていたようだ。

十四郎は、藤七に豊島屋を張り込ませることにした。自身は神田明神下の凧卸問屋伊勢屋に向かった。

店の前に立つと、見覚えのある主が、凧の絵に彩色を施しながら店番をしていた。

以前よりひと回り店は大きくなったようで、武者絵や達磨絵、鷹や、海にいる蛸(たこ)が赤い大きな足を垂らしている凧もあった。

だが、一番目立つ場所には、あの鬼ヤンマの凧が羽を広げて飾ってあった。

「どれに致しましょうか」

あれこれ懐かしく覗いていると、主が絵筆の手を止めて聞いてきた。

「あの、トンボの絵の凧だが、作者は名を竹次郎というのではないか」

「さようでございます。よくご存じでございますな」

「竹次郎がこちらに凧を納めるようになったのはいつからだ」

「もうずいぶんになりますが、あの方のお陰で、うちの店も繁盛しております。竹次郎さんの凧はよく揚がりますし、本当のトンボが飛んでいるようだと評判がよろしくて……まあ、ごらん下さいまし」

主はにこにこして立ち上がると、かけてある鬼ヤンマの凧を持ってきた。

「ふむ……竹ひごの削り方も丁寧だな」

「はい。竹次郎さんをおいて他には、これほどの凧を作る職人はおりません。なにしろ、竹次郎さんは、この正月に土州（どしゅう）様のお屋敷に呼ばれまして、大変な人気をとったのでございますよ」

「ほう……土佐（とさ）藩邸か」

「はい。ここだけの話ですが、土州様のお侍様は、どなたも酒好き遊び好きというのは、ご存じでございましょ。例えばお酒を飲めなかったら昇進できないとか」

「らしいな」

「それがあなた、桁外れでございますから。凧遊びも大掛かりで、いやはや、あの時は私も楽しませていただきました」

主は聞きもしないのに、嬉しそうにその時の様子をしゃべったのである。

昨年師走に入ってすぐに、土佐藩上屋敷から、伊勢屋お抱えの凧づくりの名人を一人よこしてくれという要請があった。

府内には大きな凧問屋が六軒あるが、いずれの店からも一人ずつ名人を召し出して、競争させるというのであった。

伊勢屋を名指ししてきたのは足軽組で、普段頭を押さえつけられている上士の組にはぜひとも勝ちたい。勝てば殿様からお褒めの言葉を頂き、それぞれに酒一樽が下されるとあって、熱の入れようはたいへんなものだった。

競争する凧は大凧で、障子一枚分、骨は七本まで、競うのは高さと揚がっている時間の長さだということだった。

当日は店の主も後見人として見物がてら出席できたから、伊勢屋の主も羽織袴で出席した。

場所は藩邸内の馬場にしている広場だった。

中輪に土佐柏の紋がついた幔幕が張られ、殿様が幕の内に腰掛けて、それぞれの組から数人が選ばれて、太鼓の音とともに凧揚げ競技は始められた。

いっせいに凧は揚がり、見物に回った侍たちも、その勇姿に喝采を送ったのだが、竹次郎の凧はひときわ目立った。

トンボの羽、トンボの目玉、それがまるで、本当のトンボを見ているようで、凧が揚がるというより、泳ぐとか飛ぶとかいった感じで、なによりも安定感があった。

四半刻（三十分）経ち半刻経ち、そして一刻、一刻半と、最後まで飛んでいたのは鬼ヤンマだった。

足軽組が歓声を上げて喜んだのは言うまでもないが、竹次郎も伊勢屋も殿様からお褒めの言葉を頂き、酒一樽の他にも土佐の鰹節、伊野和紙などを土産に頂いたというのであった。

「あれ以来、うちはお大名方からの注文がたくさん入りまして、いくら作っても間に合わない状態でございますよ。まあ、とにかく、あんなに楽しいことはございませんでした……お武家様も、なんですか、この凧をお求めに参られたのでございますね」

主はそのことにようやく気づいたように、十四郎を見た。

「いやいや、そうではござらぬ。おまえの話があまりに面白いものだから、聞いておったのだが、俺は、この凧を作っている竹次郎の住まいを聞きたくて参ったのだ」

「住まいは本所でございますよ。淡雪豆腐の店『もみじ屋』に居候していましたが、凧の仕事が忙しくなって、近くの裏店を借りたようです。もみじ屋に聞けば分かると存じますよ」

主は、なんだそうなのかというような顔で告げた。

「それともう一つ、竹次郎は越前の生まれではないのか」

「そのようですが、それがなにか」

「いや、それだけ分かればいいのだ。そうだ……一つ貰っていこう。これをくれ」

十四郎がそう言うと、主は途端に明るい顔をして、ご進物ならば包みますが、などと腰を折った。

十四郎は、橋屋の小僧万吉を思い出していた。

万吉は孤児である。

この凧を見れば、どれほど喜ぶだろうと思ったのである。

不思議なことに、万吉に買おうとしているのに、まるで自分が買う時のようなときめきがあった。

伊勢屋から買った鬼ヤンマを小脇に抱えて、十四郎が回向院の門前町にあるもみじ屋の前に立ったのはまもなくだった。

店は戸がしまっており、十四郎は横手の路地から勝手口に回って訪いを入れた。

すぐに初老の男が顔を出し、十四郎が竹次郎に会いたいと言ったところ、初老の男は十四郎が小脇に抱えている凧を見遣って、まもなく帰ってくる頃だから中でお待ち下さいと、台所口から店の中に案内した。

「この年ですから、月の初めと中頃には店を休みにしております。竹次郎さまは娘のお鈴と浅草寺にお参りに行きましたが、まもなく帰ってくると存じます」

男は丁寧な物言いをした。

「親父さんは竹次郎さんとはどんな関係なのだ」

さま付きで呼んだ言葉が気になって聞いてみた。

「昔、奉公していたお店の息子さんでございます。私はそこで番頭をしておりました」

と言う。

「いや、他でもないのだが……俺は事情があって豊島屋の松太郎という人の昔を知っている者を捜しているのだ。竹次郎さんとは柳原土手で凧を通じて知り合ったのだが、偶然にも松太郎という人が竹次郎さんとうりふたつでな、それでもしやと思って訪ねて参った」

「お武家様、豊島屋の松太郎というお人は、そんなに竹次郎さまに似ているのでございますか」

初老の男の顔色が変わった。

「似ている。そっくりだ」

「…………」

「松太郎というのは、諸国物産問屋の主だが、沽券に記された生国は、越前、三国……」

初老の男の顔に戸惑いの色が走った。

「確かに竹次郎さまには、兄が一人おりました。名も松太郎……二人は双子の兄弟でした。松太郎さんは、国では名の知れた海産物問屋『浜屋』のご長男でございましたが……」

「しかしなぜ、二人の兄弟も、そなたも、この江戸にいるのだ」

「お店が火事に見舞われまして、旦那様もおかみさんもその時亡くなりました。店のなにもかもを、火事で失ったのでございます」

「……」

「しかしお武家様は、松太郎さんの何をお知りになりたいのでございますか」

「申し遅れたが、俺は深川の縁切り寺慶光寺の御用宿橘屋の者で塙十四郎と申す者。実は松太郎の女房が駆け込んできたのだが、翌日死体となって神田川に浮かんでいたのだ。それぱかりではない。女房の兄で、豊島屋の元々の主も似たような死に方をしておるのだ」

「……」

「松太郎に深く関わる人間が二人も死んだことになる。御用宿としても放ってはおけぬのでな。それで調べているのだが……」

「塙様、すると、松太郎さんには人殺しの疑いがかけられているのですか」

初老の男が、険しい顔で見詰めてきたその時、

「仁助（にすけ）」

後ろで声がした。

振り返ると、竹次郎とぽっちゃりとした色白の可愛らしい娘が立っていた。娘

は朝顔の鉢を抱えていた。

「ぼっちゃま、お帰りなさいまし」

仁助と呼ばれた初老の男が腰を上げた。

「お鈴、すぐにお茶を淹れてさしあげなさい」

仁助が立ち上がると、竹次郎が険しい顔をして近づいてきた。

「兄さんは、いい人だ。や、優しい人だ。お、俺、俺は馬鹿だけど、兄さんは賢い人だ。に、兄さんの悪口を言わないでくれ」

竹次郎は、十四郎の前に突っ立ったまま、拳をつくって必死に庇うように口走った。

——似ている。そっくりだ。

十四郎は改めて、そう思った。

ただ、いくら竹次郎が怒った目をつくろうとも、その目の色は松太郎のものとは違っていた。

松太郎の目は、暗くて険悪な色を宿している。

二人を見比べれば瞭然として、越してきた過去、作り上げてきた人格の違いが分かる。

「竹次郎……」

十四郎が苦笑して立ち上がると、竹次郎は十四郎の手をぐいと摑んで表に連れ出した。

「竹次郎さん」

後ろからお鈴の声が追っかけてくる。

だが、竹次郎は黙然として十四郎を引っ張っていく。

「おい、どこに行くのだ」

十四郎は引かれるままに従いながら、竹次郎が右足を少し引き摺って歩いているのに気がついた。

足早に歩こうとすればするほど、右足の不具合は、繋いでいる手を通して伝わってきた。

柳原土手で十四郎が初めて竹次郎に会った時には、竹次郎は座っていた。だから気づかなかったのかと、竹次郎に引かれながら両国橋の袂に出た。

竹次郎はさらに十四郎の手を引っ張って、橋桁に向かう石段を下り、そこにある石に腰を据え、十四郎にも傍の石に座れと促した。

「うむ……」

十四郎は竹次郎に言われるままに石に座った。ちらりと竹次郎の顔を覗くと、

「すまなかったです……つい」

竹次郎はぽつりと言った。

柳原土手で会った時の、あの竹次郎に戻っていた。

「お侍様……」

お鈴が追っかけてきて、十四郎たちのいる橋下に下りてきた。

「竹次郎さんのこと、変に思わないで下さい。竹次郎さんは、生き別れになっているお兄さんに会いたくて、それで先に江戸に出てお店を開いていたおとっつぁんのもとに、越前から出てきたのです。でも、消息が摑めないままに八年近く、お兄さんに会いたくなると、この岸に来て隅田川を眺めていました。お兄さんがこの江戸にいれば、この川をきっと見ているに違いないって……」

「そうか……」

十四郎は、お鈴の話を聞きながら川面を見詰めている竹次郎の横顔を盗み見た。

「竹次郎さんがトンボの凧を作るようになったのも、お兄さんとの思い出があるからなんです。そうよね、竹次郎さん」

お鈴が問いかけると、竹次郎はこくんと頷き、

「トンボのように飛びたいな……あんなに自由に飛べたらいいな……」

竹次郎は、子供のような目で遠くを見ていた。

「それで、トンボの凧をな」

「兄さんは強くて、俺は弱虫……兄さんはトンボのように飛べたんだ」

竹次郎は、何かを思い出しているようだ。

すると、すぐに傍からお鈴が説明してくれた。

子供の頃に、竹次郎は松太郎と一緒に、町外れの土手の上でトンボを見ていた。

「トンボになれば、どこにだって飛んでいけるんだ」

松太郎はそう言うと、大きく手を羽のように広げて、土手の上から下の草むらに飛んだ。

「気持ちいいぞ。おまえも飛んでみろ」

松太郎は土手によじのぼってくると、竹次郎に言った。

「怖いよ、おいら……」

竹次郎は下の草むらを見て言った。

「おまえは、トンボのようになりたくないのか」

松太郎は、目の前を縦横に飛ぶトンボを指した。

「男の子だろ。飛べ」

　松太郎は震えている竹次郎の背を押した。

　竹次郎は悲鳴を上げて草むらに落ちた。

　だが、その時、竹次郎は不覚にも右足の骨を折った。その後遺症は今でも残っているのだが、

「でも、竹次郎さんはその時のことを、兄さんのお陰で飛べたんだって、自慢するんです」

　お鈴は苦笑した。

「旦那の知っている松太郎は、お、俺の兄さんじゃない」

　竹次郎は、静かだが挑戦するように言った。

「竹次郎さんの頭の中には、お兄さんのことしかないんですから……」

　お鈴は寂しげに言い、竹次郎の顔を見た。

「塙様に是非、お話ししたいことがございまして……」

　淡雪豆腐もみじ屋の主、仁助が思い詰めた顔をして、十四郎の長屋を訪ねてきたのは、読売(よみうり)に竹次郎の凧の話が載った夕刻だった。

読売は半紙一枚に、凧師竹次郎のトンボ凧は、今後小判を出さなくては手にいれることはできなくなるなどという文言が連ねてあった。

十四郎はその読売をお静から貰ったのだが、盃を傾けながら眺めていたところであった。

「何もない家だが、上がってくれ」

十四郎が招き入れると、

「このような刻限に申し訳ありません。竹次郎さまにも、うちの娘にも聞かせたくない話でございますので、お訪ねした次第です」

元浜屋の番頭らしく、仁助は入れたばかりの灯の前に膝を揃えて座り、

「実は塙様、私は今日、小網町の豊島屋に行って参りました」

険しい顔をして言った。

「松太郎に会ったのか」

十四郎は新しい盃を持ってくると、それに酒を注いで仁助の前に置いた。

「私は結構でございます」

仁助は押し戻してから、話を継いだ。

「遠くから顔を確かめに行ってきたのです。間違いなく浜屋の松太郎さんでした。

実は、塙様から松太郎さんのおかみさんの話を聞きまして、私もずっと気になっていたことがございましたので……」

「話してくれ。他言は致さぬ」

十四郎は盃を伏せた。

藤七の張り込みも、まだ成果を上げてはいない。

お兼殺しは闇に置かれたまま、少しも進展がなかったのである。

「塙様に聞いていただきたい話というのは三国での話でございます」

八年前の話だと言った。

浜屋が一晩にして、主の梅之助（うめのすけ）、おかみさんのお信（のぶ）を失い、全財産を失ったその話だと……。

八年前、浜屋の番頭をしていた仁助は、奉公人すべてを引き連れて海開きの花火を見物に出た。

浜に茣蓙（ござ）を敷き、ご馳走を食べながら、夏を迎えた一夜の祭りを楽しむその行事は毎年のこと、どのお店でも、奉公人を引き連れて見物に出る。

例年ならば主の梅之助が引率していたのだが、当日はおかみさんのお信が熱を出して臥せっていたために、梅之助は看病のために残り、仁助が主に代わって奉公人を引率したのである。

当時二十歳になっていた竹次郎も一緒に浜に出かけたが、松太郎は十七歳の頃から放蕩をくりかえし、悪い仲間とつきあっていたから、仁助たちと一緒に行ったのは竹次郎だけだった。

松太郎と竹次郎は双子だが、生まれた時から竹次郎は動作が遅く、浜屋の主は松太郎を溺愛したために、長じるにつれ、松太郎は手のつけられないわがまま者になっていた。

松太郎は当時、女郎宿に入り浸りだった。付け馬を連れて帰ってくるのは日常茶飯事で、博打場にも出入りするようになっていたし、とうとう主の梅之助はお信の意見を聞き入れて、浜屋の跡取りを竹次郎に決めた。

竹次郎は、松太郎とは似ても似つかぬ優しい心を持っていて、奉公人にも慕われていたからである。

その日も竹次郎は、浜辺で皆と食事を済ませると、母が気になると言い、店に引き返したのであった。

まもなくだった。

花火が始まって見物していた仁助たちは、東の空が赤く焼けているのに気がついた。

場所は浜屋のある方角だった。

火事だと騒ぎ出して、慌てて店に引き返すと、もう、どうしようもないほどに火が回り、店はあっという間に焼け落ちた。

主の梅之助とお信夫婦が焼死体で発見され、先に帰った竹次郎も近くの路地で鈍器で殴られて気絶しているところを発見された。

町奉行所は、火付け盗賊で探索していたが、一方で長男松太郎を疑っていた。焼け死んだ主夫婦の頭に傷があったことから、竹次郎と同じように殴られたために気絶し、逃げ出せなかったのではないかと考えたのだ。

竹次郎は下手人の顔を実見した疑いがある。町奉行所は何度も竹次郎を呼んで問い質したが、竹次郎は口を固く閉ざして何もしゃべらなかったのである。

松太郎が、火事のあった翌日に国を出たことが分かり、町奉行所は未解決のまま探索を打ち切った。

仁助はそれで、女房と娘のお鈴を連れて、江戸に出てきたのである。

店を出してまもなく、仁助の女房は死んだという。

「翌年でした。親類の家に身を寄せていた竹次郎さまが私を頼って江戸に出てきたのは……私は、旦那様とおかみさんは殺されて、それで火を放たれたのだと今でも思っています。それも、松太郎さんに殺されたのだと……」

「真実を知っているのは竹次郎だというのだな」

「はい。でもなぜかあの方は、松太郎さんを庇うのです。幼い頃から、あんなに酷い目に遭わされてきたというのに……」

「……」

「トンボの真似をして、土手から飛んだ話をお聞きになったと思いますが、あれだって、わざと、松太郎さんは突き飛ばしたのでございますよ」

「まことか」

「はい。お二人とも十二、三歳の頃だったと思いますが、近くの百姓が見ていたのです。松太郎さんはその時、嫌がる竹次郎さんを『おまえがいなくなれば、おっかさんはおいらだけのおっかさんだ』、そんなことを口走って、突き落としたのだそうです」

「しかし竹次郎は、兄さんのお陰で飛べたんだと言っていたぞ」

「そういう人なんですよ、竹次郎さまは……兄を思う気持ちは分からない訳ではないのですが、竹次郎さまはそうでも兄の松太郎さんはなんと思っているか……

このたびの読売が出たことで、早晩、松太郎さんは竹次郎さまの所在を知ります。その時、どうなるのかと心配です」

「浜屋事件のことだな」

「はい。もしも、竹次郎さまが火をつけた者を実見していたのなら、松太郎さんのことです、放ってはおかないのではないかと……」

「……………」

「私が話したところで、竹次郎さまは頑なに殻に籠もるばかりでございます。松太郎さんの呪縛が解けるような、現実をしっかり見ていただくような、そんな手段がないものかと……お縋りできるのは、塙様しかおりませんので」

仁助は、不安を訴えた。


「十四郎様、竹次郎という人は、真実を認めるのが恐ろしくて、それで逃避しているのではないでしょうか」

お登勢は、思案していた顔を上げた。

内庭には夏の陽が射し込んでいて、蹲に紅葉の葉の影が映っているが、二人が座す部屋の中は意外と涼しい。

お登勢の後ろには、先ほど竹籠に活けた紫色の花菖蒲（はなしょうぶ）が一輪、凛（りん）とした姿でおさまっている。それが涼を呼びこんでいるようにも見えた。

宿は、泊まり客を送った後の、ほっとした静けさに包まれていた。

お登勢は、女中のお民が茶を運んでくると、

「こちらのお花を、客間のお座敷にね」

花菖蒲を活けた竹籠を持たせると、また十四郎の方に顔を向けた。

お登勢はむずかしい顔をしていた。

お兼の事件が足踏み状態だったからである。

十四郎は仁助から聞いた浜屋事件をお登勢に話し終えたところであった。

もしも、八年前の浜屋事件の犯人が松太郎と断定できれば、お兼の事件の解明にもなる筈だとお登勢に言った。

問題は、竹次郎だった。

竹次郎が浜屋事件で見たことを正直にしゃべってくれれば問題はないのだが、

ただでさえ無口な男である。

まして兄松太郎を、子が親を慕うがごとく、ひたすら信じている男であった。

竹次郎を説得する手立ては、容易には見つからぬ。

「松太郎という人は、なかなか用心深い人だと藤七から聞いています。でも十四郎様、必ずどこかで綻(ほころ)びは見えてくる筈です。私はそう思っています」

お登勢は言い、

「お食事はまだなんでしょう。すぐに用意をさせますから」

すいと立った時、

「お登勢様」

万吉が廊下に、可愛らしい膝小僧を見せて座った。

「裏庭に伝吉さんというお爺さんが来ています。お話ししたいことがあるそうです」

文章を読むように大きな声で告げた。

「十四郎様……」

「土左衛門の伝吉爺さんだ」

二人は仏間を出ると、裏庭の見える廊下に赴(おもむ)いた。

伝吉は犬のごん太の傍にしゃがみこんで、頭を撫でようとしているようだったが、ごん太は足を踏ん張ってうなり声を上げていた。

「ごん太、爺さんは怪しい者じゃないぞ」

廊下に立って十四郎が声をかけると、

「おや、旦那も来ていなすったのですか」

伝吉が立ち上がって近づいてきた。

「お登勢様でございますか。あっしは、伝吉と申しやして」

「お聞きしています。いつぞやは難しい事件にお力添えいただきまして、ありがとうございました」

お登勢は廊下に座ると、伝吉にも縁側に腰を下ろすように促した。

だが伝吉は、

「いえ、あっしはこのままで……」

頭を下げると、

「旦那、とうとう見つけやしたぜ」

伝吉は、にやりと笑った。

「まことか」

「へい。神田川にお兼さんを投げ捨てた奴が、亭主の豊島屋から頼まれていたとすれば、きっと店に現れる。そう思ったものですから、豊島屋の店先が見える川岸に舟をつけて見張っておりやした」

「おまえは……ずっとあれから、見張っていたのか」

「へい。あっしの仕事は人に雇われてやっているものではございやせん。女房の供養のためにやっていることですから……」

「しかし、あれからって言ったって、もう二十日にもなる」

「舟の上で飯を炊き、酒を飲みながらのんびり張り込んでおりやした。こちらの番頭さんも張り込んでいたようですが、奴らの姿を見ているのはあっしですから」

「伝吉さん、恩にきます」

お登勢が言った。

「それを言うならこっちでございますよ。以前にあっしはお世話をおかけしておりやすから……」

伝吉は、お登勢に見詰められて、慌てて腰の手ぬぐいを引き抜くと、かいてもいない額の汗を拭き、

「で、三人組でございますが、豊島屋に現れたのは、昨日の夕刻でございやした」

鋭い目で、十四郎を見詰めてきた。

昔は盗賊の頭だった男である。見詰められると凄味があった。

伝吉の話によれば、三人が現れたのは黄昏(たそがれ)時。人の往来もまばらになった頃、辺りを憚(はばか)るように、豊島屋の軒下に現れたのであった。

——来やがった。

伝吉は目を凝らす。

お兼の死体を捨てた音を聞いたあの時には、後ろ姿だった。

だが、二本差しの浪人の年恰好は間違いなく、あの時の男だった。

鼠色の小袖に、茶の袴、だがいずれも相当着古したものらしく、近くで見ると、布の傷みは酷かった。

浪人が引き連れている二人の町人は、明らかに遊び人風、まともな生活をしていないことは、その雰囲気から即座に伝吉には察せられた。

——事件の後すぐに現れる筈はねえと思っていたが、やはりな。

舟の上から見詰めていると、浪人は店の中から出てきた奉公人の男に、ひと言ふた言、告げたようだった。

まもなく豊島屋の主、松太郎が出てくると、懐から懐紙に包んだ物を出すと浪人の手に渡した。

浪人は掌で包みの重みを確かめると、すばやく懐に入れて、二人の町人と思案橋に向かっていった。

──金だ。あの様子では、五両や十両ではないな。少なくとも二十五両はあった筈だ。

伝吉は、松太郎が店の中に引っ込むのを待って、岸に繋いでいた綱を解いた。ゆっくりと、水の上を滑るように舟を漕ぎ、伝吉は三人の後を追った。

三人は永代橋を渡るとさらにそこから東へ向かった。

伝吉は永代橋袂に舟を繋ぐと、三人の後を追った。

やがて三人は、永代寺門前町の路地を入った一軒家に消えた。

「博打場でした。集まってくる人間は、質のよくねえ奴らばかりで、あっしはそれを見届けて引き返して参りやした。一人じゃあ、かないっこありませんので」

伝吉は苦笑してみせた。

「いや、そこまで分かれば後はこちらで調べられる。ありがとう」

「旦那、嫌ですぜ、そんな言い方は」

「伝吉さん、お台所の方に夕餉の用意をさせますから、すみませんがそちらにお回り下さいませ」

「とんでもねえ、あっしはこちらのお役に立てれば嬉しいんでございますよ」

恐縮して引きあげようとする伝吉をお登勢は引き止めて、

「それならお料理を持ち帰っていただいて、今夜はゆっくり晩酌でも楽しんで下さいませ」

と言い、台所に走ると、折に肴を詰め込んで、伝吉の手に渡した。

「女将さん……」

「こんなことでは済まないのですが……」

お登勢は、労るような目で頷いた。

五

十四郎が、遠慮がちに叩く戸の音に気づいたのは、寝床の中だった。

昨夜は松波の意を受けた北町の同心の手を借りて、永代寺門前町の賭場の手入れを手伝って、長屋に帰ってきたのは夜半も過ぎていた。

賭場には伝吉爺さんが言った通り、目付きのよくない男たちが十人ばかり、賽子（サイコロ）賭博をやっていた。

十四郎も同道したから、匕首をかざして向かってくる男たちもいるにはいたが、さほど時間をかけずに全員捕縛した。

ただ、目当ての浪人は昨夜は賭場にはおらず取り逃がしたが、伝吉に首実検させたところ、他の町人二人は、間違いなく捕縛できたのである。

通常なら大番屋に留め置いて取り調べるが、二人については松波が直々に調べるということで、昨夜のうちに北町奉行所に連行した。

豊島屋との繋がりを吐くのは時間の問題、奉行所に任せてくれと言われたため、十四郎はいったん長屋に引き返してきたのである。

それから夜食を摂ったから眠るのは遅かった。

だから朝陽が射しても起きられず、ぐずぐずしているうちにまた浅い眠りに落ちたのだが、戸を叩く客人は、ひょっとしてかなりの時間、十四郎の返事を待っていたのかもしれなかった。

「待て、今出ていく」

慌てて起き上がり、土間に下りて戸を開けると、沈痛な顔をした竹次郎が立っていた。

「竹次郎、どうしたのだ」

「お、お鈴ちゃんが、兄さんのところへ、い、行ってしまった」

「何……。とにかく、中へ入りなさい」

竹次郎を引っ張るようにして上にあげ、向かい合って座り、

「どういうことだ、話してみなさい」

「み、三日前に来たんです、兄さんが……そ、その時、う、うちに来ないかと」

「松太郎が誘ったのか」

竹次郎は、頷いた。

竹次郎の話によれば、松太郎は竹次郎が生きていたことは知らなかったらしく、読売を見てびっくりして迎えにきたのだと言った。

自分は成功して大きな店も構えている。独り身だから遠慮はいらない。仁助も一緒に来ればいい。そして俺を助けてくれと言うと、しばらく苦労をした成功談を披露した。

だが仁助は、自分のことはむろんのこと、竹次郎さんも今では立派に凧師となっている。松太郎の足手まといになるより、自分たちはここで頑張ると伝えたらしい。

竹次郎も、のろまな自分が兄のところに行けば兄に迷惑をかけると思い、仁助

の返事に頷いた。

ところがお鈴は、松太郎がやってきた翌日に、松太郎の店に行きたいと言い出した。

竹次郎が仕事場にしている、すぐ近くの裏店でのことである。

「ねえ、竹次郎さん。この間浅草寺に行った時のお話、竹次郎さんはどう思う？」

お鈴は恥ずかしそうに聞いた。

浅草寺でお参りをした時に、お鈴は竹次郎に、それとなく竹次郎さんのおかみさんになれるといいな……などと言っていた。

竹次郎は嬉しかった。

ずっとお鈴のことを思ってきた。

だが、その思いをどんな言葉で伝えたらいいか迷っていた。

――はたして幸せにできるだろうか。俺のような人間でいいのだろうか……。

思い詰めたその気持ちは、

「兄さんが……兄さんが」

と、兄第一の素振りを見せることで、ごまかしていたのである。

お鈴は、思いつめた顔をしていた。

竹次郎は、例のごとく黙って竹を削っていた。

すると、お鈴が突然、冷たく言い放ったのである。

「同じ顔してるのに、竹次郎さんはどうしてそうなの……いいわ、私、松太郎さんのところに行きます。私、松太郎さんにそっと耳打ちされたんです。お鈴ちゃんのような人が傍にいてくれたら、嬉しいって……」

竹次郎はその時、驚愕した顔を上げたが、すぐに目を伏せて、お鈴ちゃんを幸せにできるのは、自分のような人間ではなくて、兄さんだと思った。

お鈴は荒々しい下駄の音をさせて帰っていった。

だが竹次郎はお鈴の後を追わなかった。追うことができなかった。

しかし、仁助の悲しみを見るにつけ、今は悔やんでいると言うのであった。

「塙様から、お鈴ちゃんに伝えていただけないでしょうか……帰ってくるようにと」

竹次郎は頭を下げた。

「断る」

十四郎は、即座に言った。

「お鈴を取り戻したければ、自分で取り戻せ」

「塙様……」

「おまえは、都合の悪いことから目を背けて生きてきた。真実を見ようとせず、認めず、殻の中に閉じこもって生きてきた。自分を殺して生きてきたのだ」

「……」

「おそらく、おまえは幼い頃に、兄の影の中で生きていれば、争いもなく、それが楽な生き方だと思ったのだろうな。兄はわがままで乱暴だった。恐ろしかったのだ。だがそのために、おまえは自分を見失ってしまったのだ」

「……」

「トンボの話も、こうあってほしかったという願望ではないのか。兄が弟を、弟が兄を思いやり慕い合うような、そんな仲でいたかったというおまえの願いが込められた話ではないのか……俺に言わせれば、松太郎の性格を一番よく知っているおまえが、兄のもとにお鈴をやった罪は重い。お鈴はいずれ、おまえの父や母のような目に遭うかもしれないのだぞ」

「塙様」

竹次郎は、真っ青な顔になった。

「そればかりではない。俺が思うに、おまえの兄は、豊島屋の前の主平助を殺し、その妹お兼まで殺して、店を独り占めにした男だ。おまえがいくら庇っても、近いうちにその結果は出る筈だ」

十四郎はお兼を殺した男たちを、昨夜捕縛したと伝えた。

「真実をその目で見るんだ、竹次郎。お鈴はおまえに愛想をつかしたのだ。あれほど、おまえのことを考えてくれていたお鈴まで……馬鹿な男だ」

竹次郎は、ぶるぶる震えて聞いていたが、表に飛び出した。

「兄さん……お、お鈴を返してくれ」

竹次郎は、思案橋を渡ってきた松太郎の前に立ちふさがった。

松太郎は浪人一人を従えていた。

「誰かと思ったら竹じゃないか」

松太郎はにやりと笑って、浪人に後ろに下がっているように顎をしゃくった。

橋の上は薄墨色に覆われていて、松太郎の後ろに下がった浪人は影法師のように見えた。

足元には、ひんやりとした川風が流れていく。

竹次郎は、両脇に下ろした手に拳をつくって、奮い立たせるように、もう一度松太郎に言った。

「お鈴を返してくれ」

「何の話かと思ったら、お鈴を返せ？……お鈴の方からやってきたんだ」

「兄さんが誘ったからだ」

「おまえが嫌いになったと言ってたぞ。俺の傍にずっといるらしいぜ」

「兄さん……」

「可愛い女じゃないか。抱いてやったら喜んでいたぞ」

松太郎は、肩で笑った。

「嘘だ」

「嘘なものか。いい体をしていたぞ」

「兄さん」

「おまえは、一度もお鈴を抱いてやらなかったらしいじゃないか」

「許さんぞ。お鈴は、騙されたんだ」

「竹次郎、おまえ、誰に向かって言ってるんだ。小さい時から可愛がってやった兄さんに言う言葉か」

「違う。兄さんは俺を嫌っていた。俺を馬鹿にしてきたんだ。だから、だから、俺を土手から突き落としたんだ」

「何を言ってるんだ。いつのことだ。それで俺は足を折ったんだ」

「ああ……今頃気づいたのか、竹。おまえなど生まれてこなけりゃ良かったんだ。なのに浜屋はおまえに譲るなどと親父は馬鹿げたことを言うようになったんだ」

「兄さんは恐ろしい人だ。俺は知ってるんだぞ。俺は見たんだ」

「何を見たんだ」

松太郎の目が光った。暗い鋭い光だった。

「親父とおふくろを殴るところを、俺は見た。家に火をつけて、そして逃げる俺の頭も殴った」

「やっぱり覚えていたのか、竹次郎……」

じりっと竹次郎に寄った。

「そういうことなら、おまえを放っておくことはできなくなった。竹次郎、一緒に来るんだ」

竹次郎を摑もうとしたその時、竹次郎の方が先に飛びかかった。

「兄さんの馬鹿、馬鹿野郎」

しかし、次の瞬間、松太郎は竹次郎が引き摺っている足に蹴りを入れ、竹次郎はあっけなく橋の上に転がった。

「おい。後を頼むぜ」

松太郎は後ろに控えている浪人を振り返った。

浪人の手元から、鞘走る不気味な音が薄闇を裂く。

「なにするんだ。兄さん」

叫びながら、ころげるように逃げる竹次郎に、浪人は抜刀したまま、犬ころでも追っかけるように迫ってくる。

恐怖のあまり動けなくなった竹次郎に、浪人が刀を振り上げた。

「待て」

忽然と橋の上に現れた者がいた。

十四郎だった。竹次郎を庇って立つと、言い放った。

「松太郎、墓穴を掘ったようだな。ここにいる浪人は、お兼を殺した一味の一人、後の二人は奉行所だ」

「聞きたくありませんね、そんな作り話は……」

松太郎が顎をしゃくると、浪人がしゃにむに撃ち据えてきた。

十四郎はこれを抜き打ちに撥ね上げると、跳び退いた。

「竹次郎、お鈴を迎えに行ってこい」

「でも、お鈴は兄さんと……」

「馬鹿、嘘に決まってるではないか。お鈴が信じられぬのか」

「は、はい」

竹次郎は、何度も転げながら、橋を下りて薄闇の中に消えた。

十四郎は、その退路を塞ぐように立ち、

「相手になるぞ……」

ずいと出た。

かわたれ時で月は無い。相手との距離を一分でも読み違えると、こちらが撃たれる。

勝負は、互いの剣のわずかの動きを察知して、その気配で撃たなければならぬ。

十四郎は正眼に構えて、少しずつ間合いを詰めながら、浪人との距離を計った。

浪人の息遣いが聞こえたと思った時、頭上から落ちてくる剣の唸り(うな)を聞いた。

十四郎はこれを、体を左に捌いて浪人の右手に入って受け流し、返す刀で、浪人の右胴を斬った。

手応えはあった。

刹那(せつな)、橋床に落ちる重たい音がした。

松太郎が、一方に走り出した。

だがその行く手に、捕り方の提灯が現れた。

「ち、ちくしょう」

松太郎は苦しげな声を上げると、橋の上に胡坐(あぐら)をかいた。

「豊島屋松太郎、お兼殺しで捕縛する。神妙に致せ」

与力、松波孫一郎の声だった。


「揚がった……揚がったぞ。ごん太、見てみろ」

得意げな万吉の声が柳原土手の河岸に上がった。

トンボの凧が一つ、二つ……全部で五つのトンボが、飛んでいる。

「万吉ちゃん、競争だぞ」

十四郎の長屋のお静の子、千太の声だった。

お静が再縁して遠くに行くために、お別れの凧揚げ大会が行われている。

集まっている子供たちすべてがトンボの凧というのも壮観である。鬼ヤンマをはじめ、赤トンボもいるし、名も分からぬなんとかトンボもあり、凧の絵にもそれぞれ特徴を持たせてあるのが憎い。

むろん凧は竹次郎の作品で、その竹次郎はお鈴と昨日祝言をあげた。

豊島屋は召し上げられて松太郎は死罪となったが、竹次郎は松太郎が処刑される日の前日まで、毎日差し入れに行っている。

そろそろ処刑の日も近いと内密に知らせを受けた時、竹次郎はトンボの凧を差し入れしたらしい。

松太郎はその時、凧を抱いて感涙にむせんだという。

「お鈴には指一本触れてないと、弟に伝えてほしい」

それが松太郎の遺言だったと聞く。

十四郎はその話を人伝に聞いた時、

――あの兄弟は、一方が凧で、もう一方が凧の糸であるような、そんな関係だったのかもしれぬな。

そう思った。

竹次郎の心中を思うと切ないが、あのお鈴が傍にいて、好きな凧作りができれば、いつか心の傷も癒えるのではないか、それを信じるしかない十四郎である。

——いい風だ……。

十四郎は、草を刈り上げた土手に座って、子供たちの凧揚げ大会を見詰めていた。

「十四郎様」

何かしらいい香りが漂ってきたと思ったら、お登勢が傍に立っていた。

「すぐ近くに参ったのですが、ひょっとしてこちらにいらっしゃるのではないかと思いまして……でも本当、トンボが飛んでいるように見えますすね」

お登勢は手をかざして、凧を見た。

その時、白い二の腕がちらりと見えた。

十四郎はどきりとしたが、そこはそれ、目を逸らして、

「万吉も大得意だ」

立ち上がって笑ってみせた。

「それはそうと十四郎様、お静さんとは本当になんでもなかったのですか」

「なんの話だ」

妙な雲行きになってきたぞと思いながらも、素っ気ない返事をしてみせた。

「八兵衛さんにいろいろとお聞きしておりましたから……」

お登勢は、白い手を口にあてて、くすくす笑った。

第四話　母恋草

一

　旅に病んだ年長の武家の体を前髪を剃り落としたばかりかと思える若い武家が支え、橘屋の玄関に崩れ落ちるように入ってきたのは、雨上がりの裏庭に、こおろぎの遠慮がちな鳴き声を初めて聞いた夕刻だった。

　十四郎が、お登勢自慢の京豆腐と洗鯉（あらいごい）の酢味噌を肴に夕食を済ませ、お登勢に送られて、玄関の上がり框に出てきたところであった。

「しっかりなさいませ」

　お登勢は土間に駆けおりて二人に声をかけると同時に、

「番頭さん、おたかさん」

藤七と仲居頭のおたかを呼んだ。

二人が飛んで出てくると、てんでに年長の武家の体を支え上げて框に腰をかけさせる。台所から走り出てきたお民が草鞋(わらじ)を脱がせ、板間の上に引き上げた。

「かたじけのうござります」

若い武家は頭を下げると、この者は家士の中井甚五郎(なかいじんごろう)と申し、私は片岡慎之助(かたおかしんのすけ)という者だが、一夜の宿を願いたいのだと言った。

「よろしゅうございますとも、お医者もすぐに呼びにやらせます」

お登勢は、甚五郎の様子を窺いながら言い、お民に目配せをした。

すると、

「いや……医者はいい」

甚五郎が苦しい息を吐きながら言った。

「馬鹿なことを申すでない。お願い致します」

慎之助が甚五郎の言葉を制し、お登勢に頭を下げた。

「慎之助様、やめて下さい。私のことはいい」

「何を申す。そなたあっての私です」

慎之助は、叱りつけた。

「慎之助様……」

感涙する甚五郎を、皆で支え、階下の客間に入れた。

一刻ほどで柳庵が駆けつけてくれ、甚五郎は診察を受けた。

「胃の腑がだいぶ疲れておりますね。無理は禁物、養生第一です。まあ、このお薬を飲めば、食欲も少しは出てくると思いますから……それと、もう一種、お渡ししたいお薬がございますので、後でこちらに届けます。それも併せて飲むように……」

柳庵はそう言うと、慎之助に目配せして促し、お登勢の居間になっている仏間に誘い入れた。

帰りそびれた十四郎も、お登勢と一緒に仏間に入った。

「つかぬことを伺いますが、旅の途中でございますか。それともこの江戸にしばらく逗留されるおつもりですか」

柳庵は、座るとすぐに、慎之助に聞いた。

「江戸にしばらく……そのつもりです」

「住まいはどちらでしょうか。藩邸ですか」

「いえ、それはこれから……」

慎之助は戸惑いを見せた。

「分かりました。いずれかの藩邸に参られるのでしたら、そちらの医者にかかればよいかと思ったのですが、そうでないのなら、私の所見を申し上げます」

「そんなに悪いのでしょうか」

「そうですね。精神が落ち着けるような場所で、よほど養生に努めませんと、ある日突然吐血して、そのままということにもなりかねません」

「労咳ですか」

「いえいえ、胃の腑ですから労咳ではありません。私が心配しているのは、胃の腑がそうとう腫れているように思われます。ですから、突然破れる恐れがあるのです」

「甚五郎が……」

慎之助は、膝に置いた手で袴を摑み、唇を嚙んで俯いた。一点を見詰める目に無念の思いが揺れているのが、傍にいる十四郎にも伝わってくる。

「仔細があって江戸に参られたのだな」

十四郎が聞いた。

慎之助は俯いたまま小さく頷き、

「敵を討つために参ったのです」

絞るような声を上げた。

「敵討ちか……」

「甚五郎がいてくれればこそ、ここまで参られましたが……」

「敵はどこに住んでいるのか、分かっているのか」

「この江戸にいるのは確かです」

慎之助はそう言うと、きっと顔を上げ、

「私は陸奥国中江藩の者、こちらに参った藩邸の者の便りでは、浪人体の敵を見たと……それで、甚五郎と参ったのです」

「すると、これからその敵の居場所を捜さなくてはならぬということか」

「はい」

「片岡様、そういうことなら、この橘屋をお使いいただいても結構でございますよ。お連れ様のお体が、もうすこし落ち着かれてから、お住まいをお探しになって下さい」

お登勢は気の毒に思ってか、助け船を出した。

事情のある旅人に、こちらから温情をかければ、その後も放っておけなくなるのは必定。それを承知しながらお登勢が言ったのは、目の前に座す慎之助が敵を追う武士としては余りにも年少で、心をかけずにはおられなかったからに違いない。

だが、慎之助は、きちんと両手を膝に載せると、

「お心遣いありがとう存じます。ですがそれでは、こちらにご迷惑がかかります。お恥ずかしい話ですが、宿に滞在して敵を捜すほど、路銀を持ち合わせてはおりません。明日はこちらを出て、どこかの長屋を借りようかと思っています」

きっぱりと言った。

「敵は誰だ。どんな相手なのだ」

金五は盃を空けると、手酌でその盃に酒を注ぎながら、十四郎をちらと見上げた。

二人は久しぶりに両国橋東詰の元町の飲み屋『樽屋』に寄った。

金五が諏訪町に道場を開いている妻の千草のところに行くというので、橘屋から一緒にここまで来たのだが、

「ちょっと寄っていくか」

金五が思い出したように言い、それで立ち寄った。

数か月前に一度この樽屋に二人で立ち寄ったことがあったが、その時、女将のおなつという女が、底抜けに明るい女で、北国の盆踊りというのを踊ってみせてくれたりして、楽しかったことを思い出したのである。

おなつは、あの日と変わらぬ陽気な声を張り上げて、二人を迎えてくれた。

客は奥の腰掛けに一人、近所の年寄りらしいのがちびりちびりやっている他は、誰もいなかった。

十四、五人も入れば一杯になる店で、空いているのは好都合。混雑する店の中で飲むのは今日はしんどいなと思っていたところだったので、十四郎はほっとした。

だが酒が来て、瓜の漬物に箸を伸ばし、駆けつけ三杯、喉を潤すとしんどい気持ちはふっ飛んでしまうから、酒は不思議な妙薬である。

金五も数杯立て続けに飲み干したが、急に真面目な顔をして、橘屋に泊まった武家二人のことを聞いてきた。

——ははん。あの二人のことを聞きたくて、それで……。

十四郎も手酌で酒を注ぎ、

「いや……敵討ちの中身は知らぬ」

ぐいと飲んだ。

「慎之助というのは少年ながら、なかなか逞しく育っているようでな。滅多やたらに他人に内情を漏らすような人物ではない。感心するほどしっかりしているのだ」

言いながら、また酒を注ぐ。

「ふむ……お登勢殿が長屋を探してやったそうではないか。材木町の雪駄屋の裏店らしいな」

「金五、おぬし、なんでもよく知っているではないか」

「おまえたち二人が、俺をのけものにしようったって、そうはいかんぞ」

「馬鹿」

十四郎は苦笑して金五を見た。

金五は、へん、俺の地獄耳を知ったかというように、背を伸ばして十四郎を見返すと、

「しかし、よくよくおまえたちは、厄介な話を抱え込むのが好きらしいな」

「そう言うおまえも、あの場にいれば放ってはおくものか。まっ、そのうち、お

いおい事情も分かってくると思うのだが……慎之助を見ていると、つくづく俺たちがあの年頃にはのんきなものだったと思ったよ」

「まあな、十五や六で、敵を追わなければならぬというのも気の毒な話だな……」

金五がしみじみ言った時、おなつが傍に来て座った。

「ねえ、旦那方は縁切り寺のお人だって聞いたけど、本当？」

いつものおなつではない顔がそこにあった。顔から笑みを消し、真剣なまなざしを向けてきた。

「そうだが……まさか、女将の縁切りの話なのか」

金五が聞いた。

「いえ。そんな大袈裟な話ではないんですが、相談に乗ってもらえないのかなと思って……」

おなつは、奥の年寄りにちらと視線を投げると、声を潜めた。

「ここではまずいのではないのか」

金五も奥の年寄りの客を気にして苦笑する。

「いえ、それほどややこしい話ではありませんから」

「ほう……何だ」

「あたし、この店は、知り合いから任されているお店なんです。月々お給金はいくらということで……もちろん売上が多ければ、それだけ加算してくれますし、あたしには結構なお店なんです。でもね、給金を頂く日にはここに来て、貰ったばかりのあたしの給金、奪っていく奴がいるんですよ」

「何、けしからんな。どこのどいつだ」

金五は怒ってみせた。

つい先ほど、お登勢と十四郎のことを人が好すぎるなどと笑っていたその本人が、いざとなるとこうなのである。

十四郎は苦笑して、しばらく二人の話に耳を傾けた。

「その人というのはね」

おなつは言い淀み、

「ご浪人なんですよ。片岡っていうんですけど、気に入らないと段平振り回すから、恐ろしくって言えないんです」

「昔、いい仲だったのか」

「ええまあ……一年前にここにやってきたのが始まり……困ったことがあれば言

ってくれ、用心棒の代わりになるぞ、なんて優しいことを言ってくれたものだから、あたしもその気になって、そのうちに理ない仲になってしまって……そしたら段々、あの人、人が変わってきたんです」

「そりゃあ、変わってきたんではなくて、もともとそうだったのではないか。おまえがそれを見抜けなくて引っかかったんだ」

「そうよね……馬鹿よね、あたし」

おなつは目を伏せて哀しそうな顔をして、

「別れたいって言ったんですよ、半年前に……納得してくれたと思っていたのに、お給金を頂く頃になると、ふらりと現れるんですから」

「ふーむ」

金五も返事を探しているようだった。

おなつは顔を上げて、救いを求めるように言った。

「別れてもらうにはどうしたらいいでしょうか。お金を取り戻すには、どうしたらいいでしょうか」

「最後には駆け込むという手もあるにはあるが、そういうことはしたくないのだな」

「ええ、あたし、働かなきゃいけないんです。年老いた国の両親にお金を送ってあげなくては……駆け込みして、二年もお寺の中で暮らす余裕などありません」

「困ったな」

「ええ、ほんと、お客さんの前で盆踊り踊ってる場合じゃないんですけど……」

おなつは苦笑した。

「力になれるかどうか……一度橘屋を訪ねてきた方がやっぱりいいかな。もっとも、この男は橘屋の用心棒なんだが……」

金五は促すような目を送ってきたが、十四郎が苦笑すると、

「十四郎、なんとかならぬか」

無責任にも、とうとう十四郎に話を振ってきた。

「金五……」

「いいじゃないか、ひと肌脱いでやれ。その浪人に一度お灸を据えてやれば、諦めるかもしれないじゃないか」

「お願いします。ご恩は一生……」

おなつは手を合わせた。嫌とは言えない切実なものが伝わってくる。乗りかかった船とはいえ思いがけない展開に、

「どこに住んでいるのだ、その男は」

つられて聞いた。

「橘町とは聞いていますが、それ以上は……詳しく聞こうとすると、いつも口を濁すんですもの」

「それじゃあ無理だな。俺にも橘屋の仕事がある」

「じゃあ、こうすればいい。その男がここにやってきた時に、うまく言いくるめて、給金を貰う日が変わったと言うんだ。毎月何日の昼とか夕刻に支払いを受けるようになったんだと……そうしておいて、橘屋に、男に知らせた日時を連絡してくれればいい……どうだ、いい考えだとは思わんか」

金五は自身の案を披瀝すると、手にあった盃の酒を勢いよく飲み干した。

二

「十四郎様――」

どこかで見たような男児が走ってくると思ったら、橘屋の小僧の万吉だった。

翌日、十四郎が深川の橘屋に向かう途中の、隅田川縁の御船蔵を過ぎた辺りを歩いていると、万吉が犬のごん太と走ってきた。

ごん太は、歩いてくるのが十四郎と知るや、万吉をほったらかして、矢のように飛んできた。

「ごん太、そうか、おまえも迎えに来てくれたのか」

十四郎が声をかけながら頭を撫でると、ごん太は目をとろんとさせて、お座りをした。

「ごん太、ずるいぞ。おいらより、先に走っちゃあ駄目だ」

万吉が拳を振り上げて叱ると、キュイーン、キュイーンと、鼻にかかった声を出して、甘えてみせる。

「おいらは十四郎様の子分だけど、おまえはおいらの子分なんだぞ」

もう一度ごん太に念を押す。

「許してやれ、万吉。それより、何かあったのか」

万吉が十四郎を呼びに走ってくる時は、必ず緊急の用ができた時に決まっている。

万吉は、急に顔を引き締めると、

「お登勢様が、まっすぐ材木町の方に来て下さいとおっしゃっておりました」

「材木町だな」

念を押しながら、片岡慎之助が住む長屋のことだなと思った。

「番頭さんの話では、お武家様が殺されたらしいとか、言ってました」

「まことか」

「はい」

「分かった。おまえはここから、まっすぐ橋屋に帰れ。俺は材木町に行く」

「はい。じゃあ……ごん太、来るんだ」

万吉は、ごん太を連れて、元来た道を走り去った。


十四郎は、小名木川に架かる万年橋を渡り、さらに川下の仙台堀に架かる上之橋を渡ると、今川町から材木町に入った。

慎之助の仮の住まいは、雪駄屋『三州屋』の裏店である。

雪駄屋がある表通りまで行くと、裏店への入り口になっている木戸に、番屋の小者が戸板を抱えて出てきたところだった。

急いで木戸口に立ち、裏店を見通すと、中ほどの一軒の家の前に、長屋の住人が顔を寄せ合っているのが見えた。

「すまねえが、皆いったん引き揚げてくんな。まだお調べの最中だ。それが終わってから線香の一本もあげてやってくれ。さあ、行った、行った」

岡っ引が長屋の連中を追っ払うと、表に藤七の姿が現れた。

藤七は、十四郎が近づくのを待って、

「中井甚五郎様が今朝方一ツ目之橋の袂の河岸で、殺されていたんです」

と言う。

「なぜそんなところまで中井殿は行ったんだ」

「中井様はあれから随分体が楽になったとかで、昨夕は柳庵先生の診療所に、一人で参られたそうでございます。ところが、四ツを過ぎても帰宅せず、慎之助様は心配して先生のところまで出向いていったようなんです。すると、とっくに帰ったと言われて、長屋に戻ってきて待っていた。しかし朝方になっても帰らず、もう一度捜しに出ようと仕度をしてたところに、番屋から知らせが来たというんです。懐に柳庵先生が出した薬袋が入っていて、それで身元が割れたようなんですが……」

「ふむ……」

一応の話を聞いたところで、十四郎は藤七と一緒に家の中に入った。

「あら、十四郎様」

顔を向けたのは遺体の枕辺に座っていた柳庵だった。

傍にはお登勢もいて、十四郎を見迎えた。

慎之助は上がり框で、二人の同心に事情を聞かれていた。

「承知した。そういうことでしたら、何か分かりましたら知らせて下さい」

同心たちは、十四郎に視線を投げると、

「引き揚げるぞ」

戸口で見張っている岡っ引に声をかけ、雪駄を鳴らして帰っていった。

「慎之助殿、誰に殺られたのか分からないのか」

「塙様……」

慎之助は愕然とした顔を上げ、

「恐らく、敵に出くわしたのではないかと」

「なに……」

十四郎は上がって、中井甚五郎の傷を確かめる。

「喉元の一撃が致命傷ですね。即死だったと思われます」

柳庵が説明する。

「この剣筋に覚えがあるのか」

傍に座った慎之助に聞いた。

「父も同じような状態で果てていました。町方には曖昧なことを申しましたが、間違いないのではないかと……」

慎之助は唇を嚙み、

「中井の忠義だけが、私の支えでございました」

慎之助は、思わず涙を零す。しっかりしているとはいえ、まだ少年である。怒りと、戸惑いと、心細さが交錯しているのが見え、痛々しい。

「慎之助殿。父の敵と申されたが、中井殿がこのような事態になった以上、さぞや心細かろうと存ずる。辛い過去を尋ねるのもいかがなものかと、お登勢殿も俺も、そっと見守っていくつもりだったが、話してくれぬか、おぬしが抱えている事情を……力になれるやもしれぬ」

「塙様……」

慎之助の胸の中で、激しい感情が交錯しているのが窺えた。

「塙様、お登勢殿。中井を送ってくだされましたこと、恩に着ます。ありがとう存じました」

　葬儀が終わったその晩に、慎之助はきちんと膝を揃えると、十四郎たちに頭を下げた。

　藤七も柳庵も、長屋の連中も引き揚げて、十四郎たちも腰を上げようかと二人で顔を見合わせて膝を起こそうとしたところであった。

　慎之助が、甚五郎の白木の位牌の前で、改めて二人に礼を述べたのである。

「お気遣いはよろしいのですよ、慎之助様。今後も何か困ったことがありましたら、どうぞご遠慮なく」

　お登勢は、慎之助の手をとるようにして言った。

「つきましてはお言葉に甘えて是非、私の抱えている事情を聞いていただきたく存じます。お話しすれば、少しは中井も浮かばれるのではないかと存じまして」

　慎之助は切ない目を、甚五郎の位牌に送った。そこには線香の白い煙が一筋、天井に向かって立ちのぼっていて、甚五郎の心残りが部屋に立ち籠めているように見えた。

　慎之助は視線を十四郎に戻すと、

「私の父は、中江藩三万石の片岡庫之助（くらのすけ）と申しました」

溢れ出る感情を抑え抑えて、言葉を選ぶように口火を切った。

藩主は永井陸奥守宗愛、庫之助は永井家の旧臣で、代々年寄格で三百五十石を賜ってきた家柄だった。

藩主宗愛にも頼りにされて、なにごともなければ代々の家格を守って、平穏な一生を送れる筈だった。

ところが、片岡家にはもう一人男子がいた。

慎之助には伯父に当たる、父庫之助の兄の又之丞である。

兄と言っても、又之丞は外にできた子で庫之助の父親が引き取って育てた。しかし、嫡男は庫之助だから、対外的には又之丞は次男扱いで、片岡家の厄介者の立場であった。

庫之助が妻の美佐を娶り、一子慎之助をもうけていたのに比べると、又之丞は町に出て放蕩を繰り返すばかりで、養子の口も途絶え、片岡家の者たちは、又之丞の行状を苦々しい思いで見詰めていた。

慎之助の母美佐が、なにかと又之丞を庇ってやっていて、それで又之丞は家を追い出されずに済んでいたようなものである。

慎之助が十歳の頃だった。

「伯父が、母を攫って出奔したのでございます」

「まあ……」

お登勢は、小さく驚きの声を上げた。声を上げるのさえ憚られるような、部屋は息詰まるような空気に包まれた。

慎之助の顔には、切ないものがありありと見えた。

慎之助は言葉を切ると、震える声を整えて、話を継いだ。

その時の、父庫之助の苦悩は筆舌に尽くしがたいような、子供の慎之助が見ていても、きりきりと心が痛むような様子であったと――。

美佐の心がどうであったのか知る由もなかったが、表沙汰になれば又之丞はむろんだが、美佐も処罰を受け兼ねない、不義密通の札を貼られる状況にあった。

なんとか密かに解決をみることはできないものかと考えた庫之助は、家士を国境にやり、二人の出奔の有無を調べさせたが、判然としないまま数日が過ぎた。

ある夜半のこと、俄かに廊下が慌ただしいのに気づいた慎之助は飛び起きた。

すると、廊下に灯が射して、

「慎之助ぼっちゃま」

中井甚五郎が、涙を絞るような声を出して、廊下に蹲った。

目をこすって障子を開けると、

「お父上様がお亡くなりになりました」

と言う。

「父上が……」

「はい。又之丞様が戻られまして、お父上様を斬り、また屋敷を出ていかれたということです」

「母上は……母上はどうなされた」

「お母上様のことは分かりません。とにかく、こちらへ」

慎之助は寝間着のままで、甚五郎に手を引かれるようにして、父の部屋に入った。

部屋は百目蠟燭に照らされて、家の式日の夜のように明るかったが、血の臭いが部屋に充満し、寝間着を血に染めた父庫之助が仰向けに寝かされていた。

敷き布団の上も血の海だった。

「父上！」

走り寄った慎之助は、父の遺骸に取りすがって泣いた。

「父上、父上……父上」

まもなく、藩の目付が訪れて検死し、家庭の事情が知られることになったのである。

その時、父の喉元の傷が致命傷になったのだと知らされた。

葬儀が終わってまもなくのこと、片岡家の処分が言い渡された。

妻に不義をされ、しかもその相手に殺されたとあっては、本来ならお家は断絶のところだが、片岡家は代々藩主を支えてきた旧臣である。

従って、慎之助には生涯三十俵二人扶持をあてがい扶持として与えるというものだった。

その日をもって家士は散り散りになったが、中井甚五郎は庫之助に可愛がられていただけに無念この上なく、藩主に対し目付を通して、嫡男慎之助が又之丞を討ち果たした暁には、今までの家格をそのまま賜りたいと願い出た。

宗愛はこの忠義に胸を熱くして頷いた。

だが、それには条件があった。

慎之助はまだ十歳で子供である。甚五郎が十五歳まで育て上げ、元服(げんぷく)したところで敵を討つようにというものだった。

むざむざと返り討ちに遭うのを懸念した藩主の言葉だった。

甚五郎は当時二十五歳だった。

日頃の庫之助に対する忠勤は他の藩臣の耳にも届いていて、当家に来ないかという誘いも数多くあり、妻を娶る話も出ていた矢先のことだったが、甚五郎はすべてを断って、慎之助を養育することに全力を傾けたのである。

郊外に農地を借りて田畑を耕しながら、慎之助に読み書きを教え、藩の道場である柳生(やぎゅう)の流れを汲(く)む臼井(うすい)道場に通わせた。

臼井道場主の又八郎(またはちろう)は、甚五郎の師でもあったが、その臼井から、慎之助が道場仲間におまえの母親は汚い女だ、不義者の子だと苛められて歯を食いしばっていたという話を聞いた時には、怒って道場に走り、その意地悪をした子供たちを叱りつけたのだという。

慎之助は傍で見ていてはらはらしたらしいが、甚五郎の忠義はなべてそのようで、慎之助は甚五郎を兄とも父とも思いながら五年間を過ごしている。

どんなに辛くても、父の敵を討つという目的があり、辛抱できた。

ただ、母がその後どうなったのか、本当に不義だったのか、それを考えると心も千々(ちぢ)に乱れ、恨みと憤りと、そして切なさが交錯していたのである。

「このたび、ようやく元服致しましたが、その時に中井が、江戸に敵がいるらしいと教えてくれたのです。その話を中井が耳にしたのは二年も前のことだったと申しまして、じっと私が元服する日を待っていたのでございます。早速藩にその旨を届け出て国を出立致しました。ところが、ご存じのように、長年の苦労が中井を蝕んでいたのです。中井がいてくれればこその私でございました。伯父又之丞と……そして、そして母を討ち果たせば、家の禄は戻ります。二人で悲願貫徹を誓っておりましたのに、中井は一人で、病んだ体で立ち向かったのかと思うと……」

慎之助は苦しげな息を吐き、口を噤んだ。

「つかぬことを申すが、母上殿は不義者とは限るまい」

「しかし……監禁されているとか、特別の事情がない限り、五年も経っておりますから、その間に家に戻ろうと思えば戻れたはずだと……」

「ふむ……まずは、そなたの伯父がどこに住んでいるのか、お母上は一緒なのか、そこを見極めねばならぬな」

「はい……」

志は強くても、心の揺れが慎之助の表情に見てとれた。

敵討ちの事情が事情だけに、話を聞いた十四郎もお登勢も心が痛い。伯父はともかくも、実の母を討つなど息子にできるだろうかと十四郎は思う。

——俺なら、できぬ。

目の前にいる慎之助も、きっとそれで苦悩しているに違いない。

「十四郎様。中井様が一ツ目之橋で敵に会ったのだとすれば、本所のあの界隈にいるということですね」

お登勢が言った。

——そういえば、あのおなつの店に現れる浪人も、片岡と名乗っているではないか。しかしあの片岡の住まいは橋町だと言っていた。

ふっと思い出した。

「よし、当たってみよう。慎之助殿はけっして一人では動かぬように、よいな」

十四郎は厳しく言い置いて外に出た。

長屋の路地には、既に夕闇が忍び込み、家々からは遠慮がちな食器の音が零れていた。

住人は慎之助の家に死人が出たことで、慎みを以て静かに食事をしているのだと思われた。

お登勢と二人、黙って溝板を踏み、木戸口まで歩き、どちらからともなく振り返って、慎之助の家の腰高障子に目を遣った。

仄かな光が、二、三度障子に揺れては消えたと思ったら、弱々しいがまもなく障子戸は哀しげな色に染まった。

闇が迫っていることに気づいた慎之助が、重い腰を上げ、行灯に灯を入れたのだと思った。

その行灯の前に、灯を灯してみたものの、所在なく座り続けているであろう慎之助の寂しげな姿が目に映り、十四郎の胸は熱くなった。

「十四郎様……」

お登勢は、慎之助の家に引き返そうとして踵を返した。

刹那、その腕を摑んだ十四郎は、無言でお登勢に首を左右に振ってみせた。

見返したお登勢の目は黒々と濡れ、悲しげな光を放っていた。

三

「片岡の旦那？……それが来ないんです。おかしなこともあるもんだと思っているんですが」

おなつは、飯台を拭く手を止めて、十四郎に訝しげな顔をしてみせた。

店はまだ開店前で、おなつの他は誰もいない。

「お給金の日を忘れた訳ではないでしょうし、なんかあったのかしらと思って……このまま、もう、来ないように祈ってるんですけどね」

「片岡の名はなんというのだ」

「又之助」

「又之助……又之丞ではないのか」

「いいえ、又之助だと聞いています」

「どんな男だ。例えば目が大きいとか、鼻がぺちゃんことか」

「旦那……」

おなつは苦笑して、

「ちょっと見はいい男かな。だからあたし、騙されたんだから」

「特徴は」

「特徴……骨太ですけど痩せていますね」

「ふむ」

「目は鋭くって、きゅっと目尻が吊り上がっていて……白目の部分が多いから、目玉の黒い部分がよく目立つかな」

「なるほど」

「それに……」

「それに?」

「これは裸にならないと分からないんだけど」

おなつは、柄にもなく恥ずかしそうに頰を染め、

「左腕の肩のところ、付け根のところに刀傷がありました」

「で、国はどこだと聞いているのだ」

「西国だと言ってましたけど、あたしは違うと思いましたね」

「ほう……何故かな」

「なまりがありましたね。北の方です。北陸の……取り繕っても言葉の端々に出るでしょう? うちには様々な国のお客さんが来るんだから……でも、だからといって問い詰めたりしませんからね。他のお客さんもそうだけど、事情を抱えている人は多いんだから。おっしゃる通り、ごもっともって聞いてるわけ」

「女房がいたのではないか」

「さあ……前にも言ったように、住んでる長屋を教えてくれないんだからさ、確

かめようもなかったんだけど、あたしは一人だと思いましたね」

「ふむ」

「旦那、疑ってるんですか。納得してないようですね」

「思いました……ではな」

「旦那もやっぱり、男だねえ」

おなつは、くすくす笑って、

「女房がいればですよ。よほどぐうたらな女じゃない限り、肌着とか下帯とか洗濯するでしょう。あの人の身に着けていたのは、洗濯なんていつしたのかと思えるようなものだった。だからさ、お互いうまくいってた時は、あたしが洗濯してやってたんですよ」

「ずいぶん汚い男じゃないか」

「何言ってるの、旦那だって気をつけなきゃ、嫌われるよ」

おなつは、またくすくす笑った。

「俺は大丈夫だ。おなつ、俺の話をしている場合ではないぞ」

多少下帯のことが気になって、おなつを睨んだ。ふっと今着けている下帯は三日目じゃないかと思ったのだ。

おなつは、十四郎の狼狽を読んだように、首を竦めて舌を出し、

「ごめんなさい」

謝ったが、また笑った。だが、ふっと真顔になって、

「でも、どうしてそんなこと、お聞きになるんですか」

怪訝な目を向けた。

「いや、俺が捜している人物は片岡又之丞といってな、凶暴な男なのでな。それで気になって尋ねたのだが」

「その人、大酒飲みですか」

「それは知らぬ」

「あたしが知ってる片岡の旦那は、底なしですよ。女にも手が早いし……また何か思い出したら、連絡します」

「いろいろと手間をとらせたな」

「いいえ、こっちだって、いつお願いしなくちゃならないか分からないんですもの。ねえ旦那、その、旦那が知ってる片岡という人は、お国は何処ですか」

「陸奥、中江藩の者だ」

「陸奥の中江藩」

「敵持ちだ」

「えっ、人を殺しているんですか」

おなつは、真っ青な顔になった。そして、呟くように言った。

「そういえば、あの人も、ふっとした時に凶暴なところがあって、それだからあたし、怖くなったんです。ぷつんと切れたら何するか分からないようなところがありますから……」

「いいか。奴がここに立ち寄ったら、手筈どおりに、必ず橋屋に連絡してくるんだ。夜遅くならば、俺の長屋でもいい。橋のむこうの米沢町の裏店だ」

「分かりました。旦那、よろしくお願いします」

おなつは、神妙な顔で手を合わせた。

北町与力、松波孫一郎が橋屋を訪ねてきたのは、翌日の昼過ぎだった。

「お登勢殿、一ツ目之橋の一件ですが、実見していた者がいたようです」

松波は、お登勢が居間としている仏間に入ると、座るなり言った。

「その者の名は、益吉(ますきち)というのだが、亀戸(かめいど)村の百姓で、日頃から舟に野菜や薪を積んで府内の料理屋に納めている男です。当日は梅漬けを納めて思わぬ金が入り、あっちこっちで飲んだために、酔っ払って一ツ目之橋の橋桁の辺りで舟をとめて寝ていたそうなのです。獣のような声に気づいてびっくりして起きて河岸を見てみると、月明かりを頼りに二人の武家が斬り合いをしている。恐ろしくて腰が抜けて、筵をかぶって見ていたようなのですが、殺された武家は最初からふらふらしていたと言ってました。で、もう一人の武士ですが、痩せていて、きっと睨んだ時の目が忘れられなかったようです。益吉の記憶を頼って書いた似面絵が、これです」

松波は懐を探ると、墨の跡も新しい似面絵を出した。

「これは……」

十四郎は驚いて取り上げる。

「いや、そっくりです。飲み屋のおなつにつきまとっているという男に……」

松波の差し出した似面絵は、頰骨の立った男で、吊り上がった目の白目が、異様に目立っていた。

「ただ、おなつの男の名は片岡又之助と名乗っている」

「十四郎様、又之丞の偽名じゃないでしょうか。念のために慎之助様にこの似面絵を見ていただいて、それで間違いないとおっしゃれば、おなつさんの店に来る浪人と同一人物ということです」

「うむ」

その通りだと十四郎も考えていた。

死闘が行われた一ツ目之橋は、おなつの店のすぐ近くである。

おなつは、なぜ今月、男が現れないのかと不思議に思っていたようだが、あの晩、片岡又之丞は間違いなくおなつの店に行こうとしていたのだ。

ところが、柳庵の診療所を出た中井甚五郎に見つかった。

中井甚五郎は、又之丞を尾(つ)けた。

だが、一ツ目之橋で又之丞に見つかったのだ。

それで闘いになった。

甚五郎はけっして、当夜に刀を抜こうなどとは考えていなかったに違いない。

住家をつき止めて、慎之助と一緒に仇討(あだう)ちをするつもりだった筈だ。

甚五郎は病んで体が弱っていた。尾けることはできても闘うには無理があった。

病が命取りになったのだ。

松波は十四郎からおなつの話を聞くと、配下の者に樽屋を時折のぞくように頼み、確約を得た。

「それと松波さん。片岡の住家ですが、おなつが聞いているのは橋町です。偽名を使っているぐらいだから、これも嘘かもしれませんが、当たっていただければありがたい」

「承知しました」

松波はそれで立った。

だがすぐに、落ち着きなく座ると、また立ち上がった。

お登勢が怪訝な目で見返した。

「松波様」

「いや、なんでもないのです。では私はこれで」

照れた笑いを浮かべて、松波は廊下に出た。

——松波さんらしくもない。何を照れている。

十四郎は訳が分からずに苦笑をつくる。

だがお登勢は、松波を見送って玄関に立った時、はたと笑みを浮かべて言った。

「松波様、お待ち下さいませ。奥様、おめでたではございませんか」

松波の顔を窺う。

「分かりましたか、ハッハッハッ……お登勢殿は勘が鋭い」

顔を赤くした。

「それは、おめでとうございます」

「ようやく授かりまして、しかし私事を漏らすのもどうかと……まあ、そういうことです」

「そうか、それで松波さんは鰻を食していたのですか」

冷やかし半分で十四郎が笑みを送ると、

「いやいや、それは違います、違います」

急に松波は真顔になった。

「そういうお話でしたら、本当に嬉しいことです。松波様、ちょっとお待ち下さいませ」

お登勢は急いで台所に走ると、紙包みを手に戻ってきた。

「これを、奥様に……」

「いえそれは」

「私の気持ちです。若狭湾でとれた『ぐじ』という鯛の一種のお魚です。京ではお祝いのお席や、ちょっとした会席に使います。こちらでは滅多に手に入るものではございませんが、さるお方にと思って早飛脚を使って取り寄せました。今時ですし、切り身にして味噌に漬けてありますが、白身の上品なお味ですから、奥様もきっと食が進まれるのではないかと存じまして……」

「しかし、それでは」

「どうぞ。お使い物はもう済ませましたし、まだたくさんございますから」

お登勢は、遠慮する松波の胸に押しつけた。

「申し訳ない」

松波は恐縮して、帰っていった。

「松波様も、いずれはお父上と呼ばれるようになるのですね」

お登勢は華やいだ声を上げた。まるで自分のことのように心底喜んでいるお登勢の姿を見て、

——この人も、早くそういう日の来ることを望んでいるに違いないのだ。お登勢は誰かしかるべき人と再縁するべきなのだ……。

十四郎は、複雑な思いにかられてお登勢を見た。

「あら、何か私の顔についていますか」

お登勢はきゅっと、睨むような顔をしてみせた。

四

——甚五郎……。

慎之助は、血糊(ちのり)の跡も生々しい石ころを摑んで立った。

石は掌にやっと包める程の大きさである。

——この血は、甚五郎の血に違いない……。

仰ぐと、一ツ目之橋を行き来する人たちが見えた。

橋の長さは十間強、幅は二間半ほどと思える。

慎之助が立っているのは竪川の北側の河岸であった。

川の南側には弁天(べんてん)様がある。その門前に橋番所があったが、そこからは、この対岸の橋下の様子を知り得ることは難しいだろうと思われた。

しかも事件があったのは夜である。月夜だといっても、その光は、遠くまで見渡せるほどのものではない。

——返すがえすも甚五郎は、さぞや無念だったに違いない。

「甚五郎、おまえの敵は必ず討ってやるぞ」

慎之助は、石ころを握り締めたまま、石段を上り、北詰橋袂に出た。

天気は良かった。

陽射しは白く眩しいほどで、じっとりと汗ばむほどの陽気である。

慎之助は橋袂にある桜の木の幹に背を凭(もた)せ、橋の上の往来に目を凝らした。

青々と茂った桜の葉は、周りに黒い日陰をつくっていて、川風もあり、涼しかった。

――伯父はきっとこの辺りに住まいしている筈だ。必ず見つけ出してやる。

あの時、自分は十歳だったが、伯父の顔を忘れたことはない。

どんなに変装していようとも、あのぎょろりとした白目の持ち主など、そうざらにいるものではない。

慎之助は、手前から渡っていく男の顔を確かめ、次いでその目をこちらに渡ってくる男の顔に転じて人相を確かめるという、単純だが根気のいる作業を始めた。

一刻、また一刻と続けていくうちに、橋を往来する人の多さに、改めて江戸という街の大きさを知る。

一ツ目之橋が両国橋近くに架かっているということもあるだろうが、それにしても橋の上の往来は途絶えることがない。

国にも似たような大きさの橋が架かっていたが、川祭りでもなければ、これほどの人の往来はない。

――国か……自分にも幸せだった頃があった。

行き交う人の、幸せそうな顔を見ていると、そう思う。

大勢の友人がいて、父も母も健在で、屋敷にも笑いが満ちていた頃もあった。

それが今は、江戸くんだりまで旅をしてきて、敵の伯父を捜している。

どうしてこんな人生を歩まなければならなくなったのか、慎之助にはいまだに納得できないのである。

夢にしては、あまりにも過酷な五年だったと思う。

なにもかもが、五年前の事件が起きた時から、止まっているような錯覚に襲われる。

父が殺され、母の行方も分からず、中井甚五郎が殺された。

突きつけられた現実はそうかもしれないが、慎之助の胸には、いまだに父も母も健在で、甚五郎も元気な声を張り上げているのであった。

慎之助は、いつの間にか、木の根っこに腰を下ろして橋の上の往来を見詰めていた。

気がつくと、一昨日と同じ闇が、一帯を包み始めていた。

その時である。

どこかで花火が上がった。

立ち上がって、そちらを望むと、すぐ近くの両国橋の袂からだった。

あちらこちらから歓声が起こり、橋を渡っていた人たちも、急いで両国橋の方へ走っていく。

その人たちの姿を、花火の色が、怪しげに映し出す。

——母上……。

慎之助は、思わず胸の中で叫んでいた。

あれは、慎之助が六歳の頃だった。

川祭りの花火見物に、親子三人で出かけていったことがある。

母の美佐は、同じ年寄役の家から嫁いできた人だったが、格式ばったことがあまり好きではなかったようで、この日も、家士たちの供を断った。

「親子三人で遊びに行く機会なんて滅多にございませんから、今日だけは町の者たちと同じように、三人で楽しみましょう」

家士や使用人たちも、それぞれ遊びに行かせて、慎之助は父と母に挟まれるようにして、屋敷を出た。

例年ならば、船宿の船に乗ってゆったりと祭りを見物するのだが、町人の街に出て、その賑わいを確かめると、いつもとは違った興奮があった。

押し合いへし合いしながら、橋の袂近くの欄干に父は場所を取った。

橋の真ん中は見物が禁止されているからだが、いざとなったら町人たちは、橋の上だってどこだって群れてくる。

「橋の袂ならば、安全ですからね」

母は、橋が人の重みで落下した時の用心もしていたようだ。

やがて、待望の花火が始まった時、慎之助の肩には、母の柔らかい手がかけられていた。

面映ゆい気持ちで母を見上げると、母は熱心に花火を見上げていた。

その顔に、花火の色が映っていたのである。

——美しい……。

母は美しい人だと改めて思った。

誰かに自慢したいような気分で母の輝くような顔を見ていると、母が気づいて、慎之助に笑みをくれたのであった。

父は、そんな二人を微笑んで見守っていてくれたように思う。

——あの母が、不義などというおぞましい行為をする筈がないではないか。母上、そうでございますね……母上。

胸のうちで母に問えば、不覚にも涙が溢れそうになる。

きりきりと痛む胸を押さえて、慎之助は一ツ目之橋の上に、かつての母の姿を捜していた。

「慎之助殿」

ふいに呼ばれて振り向くと、十四郎が立っていた。

「朝から長屋を留守にして……ひょっとしてここかなと思って来たのだが、だめじゃないか。一人でいるところを又之丞に見つかれば、中井殿と同じ目に遭うぞ」

十四郎は厳しく言いながら、慎之助の瞳に揺れているものを見て、息を呑んだ。

だがすぐに、素知らぬ顔をして、

「確かめてほしいことがある、一緒に来てくれ」

先に立って踏み出した。

「伯父です。伯父の又之丞です」

慎之助は、十四郎が飯台の上に出した似面絵を見て、怒りを露にして言った。

「おなつ、おまえはどうだ」

十四郎は今度は、後ろに立っているおなつを振り仰いで聞いた。

おなつは、盆を胸に当てて、怯えた顔をして覗いていたが、十四郎に尋ねられると、似面絵を見詰めたまま頷いた。

「そうか。やはり同一人物だったらしいな」

「恐ろしい人……あの人が人殺しを……旦那、あたしも殺されるんじゃないかしら」

おなつの顔は真っ青になっていた。

「女将、何してんだ。酒、頼むよ」

「こっちもだ」

店は書き入れ時で、客の声が飛んでくる。

「ただいま」

おなつは声を張り上げて、十四郎たちの飯台から離れていった。

「塙様。今のお話ですと、この店で待てば、伯父は現れるのですね」

「今まではそうだった。中井殿を殺してからは危ないと感じたか、ここには来ていない。だが、いずれ現れる。おなつの金をあてにしてきた男だ。必ず来ると俺はみている」

「母は、一緒にいるのでしょうか」

「分からぬ。分からぬがおなつの話では、一緒に誰かと暮らしているふうには見えなかったそうだ」

「…………」

「ひょっとしてお母上は、別のところで暮らしているやもしれぬ。又之丞とは無縁の世界にいるのやもしれぬ」

十四郎は、そんな慰めを言いながら、ひょっとして又之丞に殺されているのではないかと、思い始めていた。

「だったら、なぜ、帰ってこなかったのでしょう。国には私がいることは分かっていた筈です」

慎之助は苛立たしげに言い、十四郎を見詰めてきた。

「お母上が又之丞に連れ去られた経緯はどうであれ、その後藩から不義の札をつけられては、帰るに帰れなかったのではないかな」

「……」

「ともかく、又之丞の居場所をつき止めることが先決だ。さすれば、その後のお母上のこともはっきりする」

慎之助は、息を殺すようにして聞いていたが、

「母上は……一人でいてほしい。又之丞と一緒ではなく一人で……」

吐き出すように呟いた。

「慎之助殿、お母上を信じることだ。誰がどう言おうと信じることだ」

「はい。私は、父が伯父に襲われる晩に、父からこう言われました。美佐は……母上のことですが、美佐は心配りの行き届いた女子だった。又之丞に対しても尽くしてくれていた。それを又之丞は勘違いしたに違いない。不義などありえない話だ。又之丞は今頃美佐にそのことを説得されて、美佐を返してくれるに違いない。わしは美佐を信じている。だからおまえも母を信じていなさいと……」

「……」

「ところが、その深夜でした。伯父は舞い戻ってきて屋敷に入り、父上を斬ったのです。なぜ伯父が、わざわざ戻ってきて父を斬ったのか……それに、なぜ母は、逃げて戻ってこなかったのか……少なくとも伯父が、家に戻ってきた時に、母は

逃げようと思えば逃げられた筈です」

慎之助は、ぐいと空を睨んで歯を食いしばった。

「慎之助殿……」

何もなければ無邪気な少年時代を謳歌できた筈の慎之助が、じっと耐えてきたこの五年の苦悩がまざまざと浮かんできて、十四郎は胸が痛くなった。

――きっと敵は討たせてやるぞ。

十四郎は胸に誓った。

五

おなつは、前垂れを外して二階に上がろうとして、戸口を叩く音に気がついた。

風の音かと思ったが、そうではなかった。

――お役人様だ。先ほど様子を見にきてくれたばかりなのに、ずいぶんと御念が入ってありがたいこと。

外した前垂れをくるくる巻いて、飯台の上に載せると、下駄の音を立てて戸口に寄った。

「お役人様ですね。ちょっとお待ち下さいませ」

おなつの店は、間口二間、奥行き四間半の二階屋である。

雨戸は戸袋付きで猿がしてあるし、腰高障子にもしんばり棒をかって用心に用心を重ねていた。

先ほど順番に戸締まりをしたばかりだったが、またおなつは、しんばり棒を外して障子戸を開け、戸袋に近い雨戸の猿を外して人一人の顔が見えるほど戸を開けた。

刹那、息が止まった。

棒立ちになったおなつを押し退けて、又之助が体を滑り込ませるようにして入ってきた。

まさしく似面絵の、あの男だった。

白目の、目尻の吊り上がった男であった。

又之助はその目でぐいとおなつを睨むと、今度は雨戸から首を外に出して外の闇を用心深く見渡した後、ぴしゃりと戸を閉めた。

「なぜだ。なぜ、町方がこの店に立ち寄ったのだ」

恐怖で後退りするおなつに、押し殺した声で聞いた。

「だ、だって、不用心じゃないですか。女一人の住まいなんですから」

「いや、そうではないな」

又之助はじりっと寄る。

「俺を、お払い箱にしたくなって。そうだろう」

「違います。言ってるじゃないですか」

「嘘をつくな。忙しい町方が、こんなちっぽけな店に、わざわざ来るか？……おまえが頼んだからじゃないか」

「近づかないで！」

「なに……」

「お願いだから、近づかないで」

「随分偉くなったもんだな、おなつ。俺を用心棒代わりに使いやがって、近づくなとな。そんな偉そうな口をどうして利けるんだ」

又之助は、いきなりおなつを張り倒した。

おなつは、悲鳴を上げながら、飯台の下にふっ飛んだ。

よろよろと起き上がったおなつの襟をむんずと摑んだ又之助は、

「金を出せ」

低い声で言った。

「ありません。まだお給金は頂いてないんです」

「嘘をつけ」

「嘘ではありません。明日、もう一度出直して下さい。明日の午後に、八ツ頃に頂くことになってますから」

「じゃあ、今日の売上を貰おうか」

又之助は、おなつを突き放すと、板場に向かった。

おなつは、しんばり棒を摑むと言った。

「そんなにお金が欲しければ持っていきなさいよ。そして、もう来ないで」

又之助は黒い背を向けて、板場の金箱を漁っている。その醜い背に、おなつは思わず叫んでいた。

「あたし、あんたの正体、知ってるんだからね。あんたが、又之丞という敵持ちだってことを……」

又之助、いや、又之丞が顔を上げておなつを見た。

「誰から聞いたんだ、その話を……」

恐ろしい顔をして、近づいてきた。

顔は蒼白になり、人としてある感情が頬から消えていた。

——殺られる。

おなつは、咄嗟に思ったが、

「あたしからお金を取っても、そしてあたしを殺しても、もう、あんたの助かる道はないんだから」

思い切って口走る。

「そうか……ここに訪ねてきた者がいるんだな」

「………」

「片岡慎之助という小倅か」

「………」

「小倅は、どこにいる。言え」

「知るもんか」

「何」

又之丞は、しんばり棒をなんなく取り上げると、おなつの襟首を摑んで、

「来い」

二階への階段を、まるで俵でも引き摺り上げるようにして、引っ張った。

「俺の憎しみが、おまえには分かるまい。外腹に生まれたばかりに俺は片岡家の厄介者だったんだ。本来ならば俺が継いでもいい家を、全部弟の庫之助に持っていかれたのだ。俺は、庫之助より年上だ。その俺が、藩の法では次男坊扱いだった」

又之丞は、おなつを後ろ手に縛り上げて、その前で冷や酒を呷りながら、越してきた過去を吐き捨てるように語り始めた。

又之丞の母は、片岡家の女中だった人である。

庫之助の母が片岡家に嫁いでくる前から庫之助の父の慰み者となっていた。腹に子ができると、母は外に出されて町の片隅でひっそりと又之丞を産んだ。又之丞が五歳になるまでその母は健在だったが、まもなく重い病にかかってあっけなく亡くなった。

又之丞が片岡家に入ったのは、それからのことである。

その時、既に片岡家では庫之助が誕生していて、又之丞は庫之助より年上でありながら、次男坊として屋敷に入った。

庫之助にはちゃんとした乳母がついていたが、又之丞は女中の一人が世話をしてくれるだけで、部屋も台所脇の小部屋が与えられ、食事も庫之助たちが済ませた後で、家士の若党たちと一緒に摂られたのである。

「むろん、食事の内容だって違うのだ」

又之丞は、憎々しげに言い、なみなみと茶碗に酒を注ぐ。

「許せないのは親父の態度だった……」

又之丞の生活に、ひと言の助け船も出さなかったし、助言もしなかった。

第一、顔さえ合わせない。

本当に自分の子だと認識しているのかどうか、疑ったほどである。

義理の母が冷たいのは仕方がないとしても、父親から無視された生活が、又之丞の心を歪めていったといっても過言ではない。

世間体が悪いから、教育は庫之助と並んで受けた。

藩校にも通ったし、剣術の道場にも通わせてもらった。

だが、友人ができなかった。

子供は正直だから、藩の年寄格として次代を託されるに違いない庫之助の周りに集まって、又之丞は置き去りにされたのである。

事実、庫之助は頭が良かった。

剣術は又之丞が勝っていて、ある年、道場内の勝ち抜き試合で、庫之助と対戦した又之丞は、庫之助に勝った。

するとその翌日から、道場に通うことを止められたのである。

さすがの庫之助も、又之丞のために父親に嘆願してくれて、また道場に通えるようになったのだが、又之丞は二度と道場に顔を出さなかった。

「庫之助の善人面が許せなかった。正妻の子と脇腹の子はさすがに違うと、そういう評価を周りから得るために親切ごかしに親父に言ったのだと俺は思った」

「……」

「俺が外で放蕩を繰り返すようになったのはそれからだ。いい歳になっても妻も娶れず、だが庫之助は、あいつには勿体(もったい)ないような女を貰った。その女に男子が生まれて、俺はますます厄介者になったんだ。救いは、その女房が俺を何かと気遣ってくれたことだ。美佐というんだが……気がついたら、俺は美佐に想いを寄せていた。美佐を奪ってやる。それからの俺は、ずっとそのことばかりを考えていた」

又之丞はそう言うと、銚子の酒が切れたのに気づいて舌打ちして、階下に下りた。

おなつは、急いで二階の窓に走った。後ろ手で障子の桟(さん)に手をかけた。

だがその時、又之丞が片口を手に階段を駆け上がってきたのである。

酒は樽から片口に取り、それから銚子に入れている。おなつが動く気配を察知して、慌てて上がってきたのであった。

「何をしているんだ。まだ俺に逆らうのか」

冷たい声が部屋に響く。又之丞の目は据わっていた。

――またやられる。

おなつがそう思った時、又之丞は片口を部屋の隅に置くと、おなつの髪を鷲掴みにして、胸元を蹴り上げた。

「うっ……」

蹲ったおなつの襟首をひっ摑むと、またもとの位置に引き摺ってきて座らせた。

正気の沙汰とは思えぬ又之丞の凶暴な姿を見て、おなつは覚悟を決めた。

「殺したければ殺しなよ。さっきから聞いてれば、脇腹の子のなんのって、笑わせるんじゃないよ。あんたは、明日の米もない生活をしたことがあるのかい。生まれた子供を間引きしなくっちゃ生きていけない貧しい百姓の悲しみを知らないだろう。どうのこうの言ったたって、結構な家に引き取られて、そりゃあ、厄介者扱いされて辛かったかもしれないが、こうしてあんたが、力のない女に暴力をふるうのを見ていると、あたしはちっとも同情しないね。ひとりよがりの甘えん坊のすることじゃないか。あんたには、人の血が流れているのかい。恥ずかしいとは思わないのかい」

おなつは、泣きながら叫んでいた。

「おなつ……」

「あんたのおっかさんが、あの世で泣いてるよ。きっと泣いてる」

又之丞の顔に、なんとも言えない哀しげな表情が走り抜けた。

だがすぐに、又之丞は表情をもとに戻すと、おなつに襲いかかった。

「何するの」

声を上げようとするおなつの口を押さえて押し倒し、一方の手で着物の裾を捲りあげた。

白い脚が無造作に投げ出され、又之丞はその上に馬乗りになる。

「やめてー!」

おなつが、又之丞に、おなつは涙ながらに訴える。

蹲った又之丞の股間を蹴りあげた。

「もう、やめなさいよ。こんなことして、哀しいと思わないの。だから皆に嫌われるんじゃないか」

又之丞は苦悶の表情を浮かべながら、五年前の、美佐の言葉を思い出していた。

五年前のあの日……美佐を騙して連れ出した又之丞は、かねてより下見をしてあった町外れの農具小屋に美佐を押し込んだ。

驚愕している美佐の前に膝をついた又之丞は、

「姉上……いえ、美佐殿。一緒に逃げてくれ。逃げて俺と一緒になってくれ」

懇願するような気持ちで言った。

美佐は、急いで襟を直し、裾を直して座り直すと、

「又之丞さん、あなた、何を言っているのか分かっていますか。何をしようとしているのか分かっていますか」

美佐は気丈にも、静かに又之丞に言ったのである。

「俺は、美佐殿が好きだ。もう、我慢ができないのだ。美佐殿だって、俺を好いているのだろう？……そうだろう？」

「又之丞さん。何か勘違いをされているのではございませんか。あなたは夫の弟、いえ、兄上です。その方に、私がそんな感情を持つ訳がないではありませんか」

「だったら、なぜ親切にしてくれたのだ。誰もが顔を背ける俺を、いつも庇ってくれたじゃないか」

「だからそれは、夫の大切な人だと思うからではありませんか。夫を愛しているからこそ、又之丞さんを大切にしようという感情が生まれるのではありませんか」

「……」

「あなたの気持ちは分かりました。それはそれでありがたいと存じます。でもね、今日のことはこれっきりにして、帰りましょう。今からなら、どうとでも理由がつきます」

「……」

「又之丞さん」

問いかけた美佐の顔が恐怖に変わった。

又之丞が冷笑を浮かべたと思ったら、いきなり美佐を押し倒した。

「およしなさい。やめて」

抗(あらが)う美佐を押さえ込んで、又之丞は美佐の着物の裾を割った。

「やめて下さい。乱暴をすると、死にます」

「やってみろ、できるものならやってみろ」

なおも襲いかかる又之丞に、必死に抵抗しながら、美佐は叫んだ。

「庫之助様……」

美佐は夫の名を呼んだのである。

その言葉に怒り狂った又之丞が、美佐の口を塞ごうとして顔を見下ろした時、

「うっ……」

美佐は舌を嚙んだ。

「美佐……美佐殿。なぜだ」

美佐の肩を激しく揺するが、美佐は答えず、形のよい唇から赤い血が流れて出てきた。

美佐は息絶えていた。

農具小屋の破れ窓から射し込む月の光が、美佐の白い顔を妖しいまでに映し出していた。

「美佐殿……」

又之丞はしぼるような声を出して泣いた。

こんなに泣いたのは、母が亡くなって以来のことだった。

どうして俺は馬鹿なんだと思う一方、こんな立場に追い込んだ片岡家の者たちが許せなかった。

美佐の物言わぬ手を握り締めてどれほどの時間を過ごしたか分からなかったが、気がつくと又之丞は、小屋の傍の農地に鍬（くわ）で穴を掘り、美佐を埋め、合掌していた。

人っ子一人いない農地の中で、跪（ひざまず）いて頭を垂れていた又之丞が、突然鎌首をもたげるようにして顔を上げ、その顔が次第に憎悪に彩られた時、又之丞は一つの決心をして立ち上がっていた。

又之丞が家に馳せ帰り、眠っていた庫之助に襲いかかって、一刀のもとに斬ったのは、それから二日ほど後のことだった。

その時、庫之助は慌てて刀掛けの太刀を抜き、又之丞に斬りつけてきた。

だが、その刃は又之丞の肩口をかすっただけだった。

又之丞は肩を押さえて屋敷を走り去った。

後はどうやって国を出たのか、判然とは覚えていない。

諸国を渡り歩いた後、三年前から江戸に住んでいる。

何年経っても又之丞の脳裏には、美佐が最期に叫んだ言葉が、襲ってくる。

「庫之助様……」

美佐は憎い庫之助の名を呼んで死んだ。とはいえ、あの、美佐の哀しげな声を忘れたことがない。

——美佐にだけは謝りたい。

だが、だからといって、庫之助の一子慎之助に討たれる訳にはいかないのである。

慎之助は美佐の子ではないと自分に言い聞かせている。

慎之助は兄、庫之助の子だ。片岡家の嫡男で、正式な跡取りだ。

それが慎之助を許せない理由であった。

慎之助が今夜ここに来れば、斬る。何もなく朝を迎えれば、この江戸を捨てるのが賢明かもしれぬと、又之丞は考え始めていた。

「おなつ、おまえは人質だ。へたな真似をすれば斬る」

又之丞は、凄んでみせた。

その時である。

店の戸を叩く者がいた。

「役人だな。出ろ。ただし、俺がいることは言わぬことだ」

に突きつけた。


又之丞は、小刀を引き抜くと、おなつを縛っていた縄を切り、その刃をおなつに突きつけた。

おなつは、背中に小刀を突きつけられたまま、階下に下り、戸を開けた。

やはり、北町の同心だった。

「変わったことはないか」

同心は提灯をかざして、おなつの顔を見た。

おなつは、乱れた髪を手で押さえながら言った。

「ごくろう様でございます。猫が一匹入ってきましたが、他にはなんにも……」

「そうか、戸締まりをよくしてな、気をつけろ」

「はい。ありがとうございます」

同心は頷くと、帰っていった。

「よし、それでいい。二階に上がれ」

又之丞は、階段を顎で指した。

六

「おなつは確かに『猫が来た』と言ったのだな」

十四郎は、知らせに来てくれた同心に念を押した。

『猫が来た』というのは、こういうこともあろうかと、十四郎がおなつに教えていた合図だった。

おなつはそれを、様子を見に来てくれた同心に伝えたのである。

同心は、囁くような声で伝えた。

「女将はどうやら監禁されているようです。酷いやつれようで、顔にも腕にも痣をつくっていました。踏み込むのは簡単ですが、一つ間違えば女将の命が危ないのではないかと思われます」

「うむ……」

既に夜半は過ぎている。

十四郎が住む長屋の連中は、皆眠りこけていて、ことりともしない深夜であった。

「私たちは朝まで張りついています。松波様から事情もお聞きしておりますので……」

十四郎の意向を聞いてきた。

「そうだな。取りあえず夜明けを待ってくれ。俺たちが行くまで見張っていてくれぬか」

「承知しました」

同心が引き揚げていくと、十四郎は急いで身仕度をして、深川の材木町に走った。

慎之助を起こすと、又之丞がおなつの店で、おなつを監禁して立てこもっていることを告げ、身仕度をするように促した。

やがて、夜明け前の隅田川の川縁を、二人は無言で川上に向かって歩いていた。

黒々とした大川（おおかわ）の水の流れる音が聞こえてくる他は、何も聞こえてはこなかった。

二人が、両国橋東詰のおなつの店についたのは、白々と夜が明けてくる頃だった。

明るくなるにつれ、両国橋の西も東も、むろん川面も、白い霧に覆われているのに気がついた。

陽が昇れば、霧は消散して、江戸随一の賑やかな両国橋が姿を現すが、今は霧の彼方にあった。

おなつの店に近づくと、北町の同心・小者が、あっちの角、こっちの角に、身を潜めているのが目に留まった。

「まだ動きはありません。まさか、女将は殺されているのではないでしょうね」

夜半に十四郎の長屋に知らせに来てくれた同心が近づいてきて、十四郎に言った。

慎之助は、興奮のあまりか、何度も肩で大きな息をつく。

「落ち着け」

十四郎が厳しく言った。

「心を、平静に保っていなければ、勝負には勝てぬぞ」

もう一度厳しく言った。

慎之助は、おなつの店を睨みながら、はいと頷いてみせた。

その時である。

雨戸が開いたと思ったら、おなつが出てきた。

続いて、のそりと浪人姿の又之丞が姿を現した。

又之丞は、用心深く辺りを見渡すと、おなつを先に歩かせて、両国橋に向かう。

十四郎たちも、そっと後を尾けた。

霧は、先を行く又之丞たちを瞬く間に呑み込んで、姿は切れ切れにしか見えなくなった。

しかし、こちらの姿も又之丞たちには見えない訳で、後を追うのに好都合だった。

両国橋は、長さが九十六間もある。

ひと跨ぎに渡れる橋ではない。

十四郎たちは、又之丞に悟られぬように、ゆっくり、足音を忍ばせて渡っていく。

川の流れる音が、十四郎たち追っ手の気配を消してくれているようで、微かに見え隠れする又之丞の肩は、変わりない動きで前に進んでいくようだった。

又之丞たちが、両国橋を渡り切ったと思えた時、十四郎たちは一斉に駆け、両国広小路で後ろから声をかけた。

「待て、又之丞」

ぎょっとして、又之丞がこちらを向いた。

一斉に、町方小者が又之丞を取り囲む。

刹那、おなつが逃げようとして一方に走ったその背に、又之丞は刀を抜きざま腕を後ろに回して斬りつけた。

だがその切っ先は僅かに外れて、おなつは同心の背に匿(かくま)われた。

自嘲するように、冷ややかな笑みを浮かべた又之丞は、

「小倅め、返り討ちにしてくれるわ」

八双(はっそう)の構えで立った。

東の空に僅かに顔を出し始めた太陽が、やがて両国橋一帯にかかっていた川霧を瞬く間に蹴散らすと、対峙している二人の姿は、くっきりと見えた。

慎之助も八双の構えで立った。又之丞を睨み据えると、

「父の敵、尋常に勝負しろ」

きっぱりと言い放つ。

「ふ、ふふ」

又之丞はせせら笑うと、

「おい、慎之助。おまえの母はどうしているか、知りたくはないか」

からかうように言ったのである。

慎之助の顔に動揺が走った。返事も返せず苦悩の目を向けた慎之助に、又之丞は畳みかけるように笑って言った。

「教えてやろう。おまえの母は、ずっと俺と一緒に暮らしているのだ」

「嘘よ、信じちゃ駄目」

同心の後ろからおなつが叫んだ。

だがそれには構わず、又之丞は言う。

「会いたくはないのか」

「嘘だ」

慎之助は叫んで、肩で大きな息をつく。

――いかん。又之丞は、慎之助の心を乱して、その隙をつくつもりだ。

十四郎の心配は当たったようだ。

又之丞はさらに言い放った。

「嘘ではない。俺の長屋は橘町にあるが、おまえの母はそこにいる。俺と幸せに暮らしてきたのだ。幸せにな」

又之丞は、慎之助の刀を誘い込むように声を上げて笑った。

「慎之助殿、誘いに乗るんじゃない」

十四郎が傍から、慎之助を叱りつけた。

「ふん」

又之丞は鼻で笑った。

次の瞬間、八双に構えたまま、又之丞が滑るように慎之助に近づいてきた。

慎之助はこれを見定めて、右脇に構えを取った。

いつでも飛び出せるようにして、十四郎は両手を下げて、二人のなりゆきを見詰めている。

慎之助が、右足を踏み込んだ時、又之丞が袈裟斬りに撃ち下ろしてきた。

「えい」

慎之助はこれを躱（かわ）し、左足で踏み込もうとしたが、体がぶれた。

一瞬、又之丞は斬り下ろした刀を返して、下から慎之助の体を薙（な）いだ。

「危ない」

飛び込んだ十四郎は、慎之助の胴体に又之丞の刀が届く寸前、その刀を上から押さえてねじ回し、上に飛ばして下ろす刀で、又之丞の額を割った。

「慎之助！」

十四郎が叫ぶのと同時に慎之助は、又之丞の胸を突いた。

「父の敵」

「ぐっ」

又之丞は、鈍い声を上げると、音をたてて落ちた。

「塙様。ありがとうございました」

慎之助は、剣を背中に回して片膝つくと、十四郎に頭を下げた。

「見事であった。俺も町方も見届けた」

十四郎は言い、俯いて感涙にむせぶ慎之助の肩に手を置いた。


橘町の又之丞の住まいが知れたのは、その日の昼頃だった。

十四郎とお登勢は、慎之助に同道して橘町の長屋に走った。

母の美佐が、又之丞に連れ出されてまもなく自害して果てたことは、おなつから聞いていた。

ただ慎之助は、真実を自分の目で確かめたかったのである。

又之丞が住んでいた長屋の前には例の同心が待ち受けていて、十四郎たちの姿を見ると、

「こちらです」

中を示して頷いた。

慎之助は、恐ろしいものでも確かめるような顔をして中に入った。

がらんとした、何もない部屋だったが、部屋には線香の匂いが染みついていた。

ふっと見ると、部屋の奥の片隅の木箱の上に、線香立てが置いてあり、傍に美濃紙に包まれた物が置かれてあった。

慎之助は、上に駆け上がった。

美濃紙の包みを取り上げて、ゆっくりと開く。

「母上……」

慎之助は泣き崩れた。

慎之助の手にあるのは遺髪だった。

「母上……母上……母上……」

慎之助はむせび泣く。

「慎之助様……」

お登勢も傍に座って、涙を押さえる。

「泣けばいい……慎之助殿、母のために存分に泣いてやれ」

十四郎は言い、静かに座ると、切ない目で慎之助をじっと見た。

慎之助の震える肩を、十四郎は黙って見続けた。

二〇〇四年八月　廣済堂文庫刊

光文社文庫

長編時代小説
夏の霧　隅田川御用帳(八)
著　者　藤原緋沙子

2016年12月20日　初版1刷発行

発行者	鈴木広和
印　刷	堀内印刷
製　本	ナショナル製本

発行所　株式会社　光文社
〒112-8011　東京都文京区音羽1-16-6
電話　(03)5395-8149　編集部
8116　書籍販売部
8125　業務部

ISBN978-4-334-77403-5　Printed in Japan

組版　萩原印刷